LUA
DE VINIL

LUA
DE VINIL

OSCAR PILAGALLO

O selo jovem da Companhia das Letras

Copyright © 2016 by Oscar Pilagallo

O selo Seguinte pertence à Editora Schwarcz S.A.

Grafia atualizada segundo o Acordo Ortográfico da Língua Portuguesa de 1990, que entrou em vigor no Brasil em 2009.

CAPA Ale Kalko
PREPARAÇÃO Adriane Piscitelli
REVISÃO Larissa Lino Barbosa e Renato Potenza Rodrigues

Embora se inspire também em fatos e pessoas reais, esta é uma obra de ficção.

Dados Internacionais de Catalogação na Publicação (CIP)
(Câmara Brasileira do Livro, SP, Brasil)

Pilagallo, Oscar
    Lua de vinil / Oscar Pilagallo. — 1ª ed. — São Paulo : Seguinte, 2016.

ISBN 978-85-5534-009-3

1. Ficção — Literatura juvenil I. Título.

16-03772   CDD-028.5

Índice para catálogo sistemático:
1. Ficção : Literatura juvenil 028.5

[2016]
Todos os direitos desta edição reservados à
EDITORA SCHWARCZ S.A.
Rua Bandeira Paulista, 702, cj. 32
04532-002 — São Paulo — SP
Telefone: (11) 3707-3500
Fax: (11) 3707-3501
www.seguinte.com.br
www.facebook.com/editoraseguinte
contato@seguinte.com.br

Para Sofia, uma improbabilidade nos idos de 1973

FALA, GIGES!

O DIA EM QUE EU DEIXARIA PARA TRÁS a inocência desastrada dos dezesseis anos amanheceu sem presságio. Nenhuma nuvem preta rasgou o céu azul, nenhum maldito chupim pousou no parapeito, não tive nenhum sonho agourento que hoje, três meses depois, ainda guardasse na memória. Se bem que memória não é o meu forte.

Escrevi "amanheceu"? Maneira de dizer; o relógio no criado-mudo marcava mais de uma da tarde. O.k., quase duas, e daí? Faz diferença? Até porque já estava acordado havia um século. Sim, sim, sim, faltava levantar, mas faria isso logo que os lençóis me largassem.

A perna esquerda escapou primeiro, o pé tateou o carpete. Fiz um ângulo com os cotovelos sobre a cama, noventa graus (ainda lembrava alguma coisa de desenho geométrico). Com a camiseta e a cara amassadas por nove, dez horas de sono, desgrudei do colchão. O sol raiava acima do prédio vizinho e invadia meu território pelas frestas da persiana. Estreitos filetes de luz tornavam visíveis, mesmo a olhos semicerrados, milhares de partículas em suspensão. Faz tempo que a Irene não passa o aspirador, pensei por pensar; o pó me era indiferente. Fui me arrastando até o banheiro. Olhei para o espelho, a letargia puxava minhas pálpebras para baixo. O que era aquilo? Eu tinha um esfregão na cabeça? Abri a torneira, molhei a ponta dos dedos na água fria e umedeci os olhos. Pus os óculos, vi outra vez. Sim, tinha um esfregão na cabeça. A comparação é cortesia do velho. Acabei adotando a imagem só para neutralizar a crítica. Ele e suas piadas infames... Acho que as pessoas perdem o senso do ridículo quando ficam velhas.

Um ano atrás ele tinha passado uma semana na Inglaterra para participar de um congresso sobre medicina psicossomática e visitar o Vamberto Novaes, seu amigo dos tempos da faculdade. Ao contrário do meu pai, Vamberto não clinicava mais. Morando em Londres, tinha enveredado para o jornalismo e chefiava o serviço brasileiro da BBC. Vamberto circulou com o velho, levou-o ao British Museum, à National Gallery, aos pubs, apresentou alguns amigos a ele. E foi na casa de um deles que, entre tantas contribuições inglesas à civilização, ele se encantou com o *mop*, como chamam por lá o esfregão — aquele chumaço de tiras de tecido absorvente preso na ponta de um cabo para limpar o chão.

Gostou tanto que até trouxe um na bagagem, embrulhado em papel pardo fora da mala. Ninguém tinha isso no Brasil.

Pelo menos não no nosso prédio. Lembro que ele rasgou o pacote e apoiou o tal *mop* no chão de ponta-cabeça, fazendo com que as tiras parecessem ainda mais emaranhadas.

— Sabe o que é isso?

— O quê?

Pausa teatral.

—Você!

E ficou olhando alternadamente para o meu cabelo e para o esfregão, sublinhando a comparação com um sorrisinho imperceptível escorrendo pelo canto da boca.

Um ator de quinta, é o que ele era. O que significava aquilo? Era para rir? Ah, se ele soubesse como eu detestava essa mania de zombar de mim. A Educação pela Piada! Por que ele não escreve uma tese sobre o método?

Mas o que eu mais odiava era não ter uma resposta na ponta da língua. Podia ter dado uma de desentendido e perguntado se ele por acaso estava me achando um varapau, magro como o cabo do esfregão. Mas não pensei nisso de bate-pronto, e ironia atrasada é ironia perdida. Mais uma bela resposta engolida pelo silêncio.

Pois agora é que eu não ia mais cortar o cabelo. Nunca mais!

Os fios engrouvinhados desciam irregulares até os ombros. O.k., passava um palmo, que seja. Mas eu gostava do meu esfregão, e ele ia ficar lá mesmo onde estava. Nem se Jesus Cristo ressuscitasse e me mandasse cortar. (Pensando bem, Jesus Cristo não é um bom exemplo, concordo, mas você entendeu.)

Estava tão distraído com essas ruminações que esqueci de mijar. Dei dois passos para trás, virei e, com a mão esquerda apoiada na parede, mirei o centro do vaso. Depois de horas e horas e horas e horas sem me aliviar, o jato veio forte, um fluxo constante, longo. Dava até para desenhar na água.

Apostei que conseguiria.

Fiz um *L* maiúsculo, caligrafia cursiva, que logo sumiu em meio à espuma. Depois, um *e*. Depois, um *i*, sem o pingo, já que a pressão não estava sobrando. O *l* seguinte saiu fraquinho e emendei logo um arremedo de *a*. O volume mal deu para a perninha do *a*, mas o nome dela estava lá, inequívoco, sonoro, inteiro: Leila.

Quer dizer, não que ainda estivesse lá, claro, mas tinha estado, mesmo que uma letra por vez em uma fração de segundo. E era isso o mais importante, eu tinha ganhado a aposta.

Levantei o calção convencido de que daria tudo certo, de hoje não passava.

Essas minhas associações podiam ser aleatórias, mas que davam certo, isso davam.

Não teve aquela vez que, sem correr, eu cheguei à esquina antes do executivo apressado à minha frente? E depois não fui bem em física? Então.

E não teve aquela outra que caminhei uma calçada inteira sobre as partes brancas da figura estilizada de São Paulo? E isso sem desacelerar, sem queimar a parte preta, sem ficar na ponta dos pés. E depois minha mãe não acabou me dando dinheiro para a domingueira do Círculo Militar? Então.

Você pode argumentar que eu mesmo fazia as regras, que

os obstáculos não eram exatamente intransponíveis, que os eventuais adversários eram involuntários. É tudo verdade. Mas eu não trapaceava. Não corri para alcançar o sujeito da pastinha. Não carimbei o chão preto. E não deixei o nome dela incompleto. Então.

Atravessei o corredor, cruzei a sala vazia e abri a porta da cozinha.

— Irene! Ireeeeene!!! Ireeeeee...

Lembrei que era tarde. Bati o olho no relógio da parede. Mais de duas, ela já tinha saído.

O café estava pronto na garrafa térmica prateada, mas já devia ter esfriado. Girei a tampa, servi meia xícara. Tinha esfriado. Dei dois goles em pé. O pão francês estava cortado ao meio, sem miolo e só com manteiga, como eu gosto. Sentei e comi devagar, mastigando sem muita vontade.

A *Folha* estava dobrada intacta no meio da mesa. Ninguém mais lia o jornal, não sei por que não cancelavam a assinatura. Sem encostar nele, reparei na data lá em cima da primeira página: "São Paulo, sábado, 31 de março de 1973".

Sábado!

Dava para saber que era sábado até pelos sons. Ou pela ausência de sons. Que por sua vez tornava audíveis outros sons. O clec-clec-clec-clec cadenciado da engrenagem do elevador — a casa das máquinas ficava no andar de cima — se somou ao tique-taque monótono do ponteiro dos segundos do relógio da cozinha.

Depois de passar a noite toda ouvindo *The Dark Side of the Moon*, tentei fazer combinações improváveis de sons que chegavam fracos ao décimo segundo andar: o guincho do freio do Ana Rosa no ponto em frente de casa e a buzina estridente do fusquinha. E também a aceleração exibida do Karmann Ghia de escapamento aberto e a gaita previsível do amolador de facas, com aquelas duas escalas rápidas, ascendente e descendente. Passei muito, mas muuuuuuito tempo nesse laboratório de reverberações.

Mesmo alterada pelo fator sábado, a sonoridade era tão familiar que às vezes soava como o silêncio, um silêncio, aliás, ao qual já me habituara nas últimas semanas. A verdade é que a campainha não tocava mais. Nem o telefone. A Irene não tinha com quem falar, quem lhe orientasse o serviço.

Desde que meu pai fora internado — e já fazia, o quê, um mês? —, nem a toalha da mesa era estendida. Dobrada em três numa das cabeceiras, dava para uma pessoa comer. Ou eu ou a minha mãe. Nunca os dois juntos. Minha mãe não parava mais em casa. Passava os dias no hospital, e as noites também, menos quando era a minha vez de ser o acompanhante.

Resolvi descer. Prendi o cabelo na nuca com um elástico de escritório, vesti minha camiseta tingida, enfiei a calça Lee que só tirava para dormir e calcei o Rainha esfolado de couro preto. Não precisava de mais nada.

Nirvana e Figura jogavam botão no salão de festas. O Lucas apitava e narrava ao mesmo tempo, além de fazer a torcida. Não havia muita relação entre o que acontecia no campo e o que ele falava. Eram dois jogos, um na mesa e outro na cabeça dele. Às vezes, com os vinte botões parados, enquanto um jogador pensava o que fazer, Lucas continuava atropelando as palavras e soltando bordões, como se todas as peças estivessem em movimento frenético.

Os times tinham uma sofisticação artesanal. Nada daqueles jogadores padronizados e coloridos que a Estrela fazia para crianças. Os nossos eram feios, uma feiura proposital, como se quiséssemos assustar o adversário.

Cada um tinha a forma adequada para a posição que ocupava no campo. Os atacantes deviam ser rasos, para pegar a bola por baixo e tentar encobrir o goleiro. Os zagueiros eram mais altos, uns paredões diante da trave.

Figura tinha um beque de quase dois andares, um botão de meia esfera colado sobre outro fino e largo. Chamava ele de Saturno, e não é que o zagueirão lembrava mesmo a metade de cima do planeta? Eu chamava de Corcunda, só para provocar. Mas sabia que era o corcunda mais eficiente na retaguarda de toda a Vila Mariana.

Os botões vinham de caixas de costura e fundos de gaveta, alguns de casacos velhos, principalmente os últimos, inúteis, já que ninguém os abotoava mesmo. Mas o maior celeiro de talentos ficava na esquina da Pelotas com a Umberto Primo, onde o seu Alfredo morava e trabalhava nos fundos de um casarão antigo. A caminhada até a alfaiataria costumava valer a pena.

Nirvana e Figura jogavam com o Santos. Torcedores fanáticos do alvinegro praiano — daqueles que descem a serra de ônibus para ver jogo na Vila Belmiro —, não abriam mão de jogar com seu time. O resultado era aquele bizarro Santos × Santos.

Zigoto fez a piada de sempre:

— Aposto que o Santos vai ganhar.

Ninguém riu. Nunca ninguém ria das piadas do Zigoto. Fingíamos não perceber ele olhando em volta, quase implorando por um esboço de sorriso, uma aprovação qualquer.

Esquisito para quem não era da turma, o Santos × Santos era um clássico comum no salão do Joelma. Tirando o Dalton, palmeirense por influência do pai, o Lucas, são-paulino sei lá por quê, e os corintianos Paulão e Guru, éramos todos santistas. Eu era santista, ainda sou, claro. E também o Diabo, o Fariseu, o China, o Cabaço. Até o Zigoto era santista.

Preciso explicar? Então tá. O Santos tinha faturado todos os campeonatos dos anos 60, no Brasil, na América do Sul, no mundo afora, na mesma época que a gente já tinha idade suficiente para escolher o próprio time. O Dalton sempre corrigia: o Santos não tinha ficado com *todas* as taças. O.k., o.k., o Palmeiras devia ter ficado com uma. Ou duas. Não lembro direito.

Apesar de os times serem iguais, os elencos eram diferentes. Alguns jogadores só existiam no nosso universo. O Saturno-Corcunda, por exemplo. Mas também tinha o Vermelho, o Pino, o Neve, o Furão, o Zebra — os apelidos eram mais ou menos autoexplicativos. Além disso, misturávamos jogadores de épocas diferentes. Pepe e Zito, que não atuavam mais no Peixe, ainda defendiam a seleção santista atemporal do Diabo.

Só as grandes estrelas jogavam em todos os nossos Santos. Nesses clássicos, sempre havia na mesa dois Pelés e dois Clodoaldos. No "escrete de ouro" do Diabo, o Clodoaldo fazia o volante, mesma função de Zito, uma insensatez tática potencializada pelo fato de que no mundo real Clodoaldo tinha substituído Zito, seu grande ídolo. Mas quem ligava para isso? Nem o Lucas se importava, e olha que a duplicidade tornava sua locução aloprada ainda mais confusa.

Um dia, antes de sair para a faculdade, o irmão mais velho do Cabaço parou cinco minutos em frente ao nosso campinho improvisado em cima da mesa, enquanto batíamos boca sobre qual seria o melhor time do mundo: o Santos de 69 ou o de 73. No primeiro ensaio de trégua, ele sentenciou:

— Idiossincrasias futebolísticas não se discutem.

Virou as costas e foi embora, deixando atrás de si uma dúzia de sobrancelhas arqueadas. Nos entreolhamos. Alguém tinha entendido aquilo?

Fariseu quebrou o silêncio:

— Idiossim o quê? Que que é isso? Um tipo de idiota? Pô, Cabaço, seu irmão não entende nada de futebol!

Todos concordamos, até o Cabaço. E aos poucos retomamos a discussão. Fariseu insistiu no seu argumento de sempre: o Santos de 69 era melhor porque tinha o Gilmar. Era o melhor goleiro do mundo, insubstituível, ele achava. E o pior é que ele tinha sido substituído por um argentino. Não que ele dissesse isso. Dizia que não gostava do Cejas por ter mania de ficar adiantado, às vezes fora da área, na meia-lua, para desespero da torcida, que temia um gol por cobertura. Isso era verdade, todo mundo sabia, mas ninguém me tirava da cabeça que, no fundo, o Fariseu não gostava do Cejas porque ele era argentino.

Por um motivo ou outro, não era nenhuma surpresa que o goleiro do Fariseu fosse o Gilmar.

Os goleiros eram feitos com caixas de fósforos. Ao contrário dos botões, os goleiros deviam ter o mesmo tamanho, é claro. Escolhemos a Pinheirinho, que cobria de modo razoável o gol, bem mais do que os frágeis arqueiros de plástico da Estrela. As outras marcas não se revelaram adequadas. A Beija-Flor e a Olho Duplo eram muito altas, quase não deixavam espaço entre o goleiro e a trave de cima. E a Olhão era larga demais, por pouco não inviabilizava o gol pelas laterais, a não ser que o atacante ficasse frente a frente com o goleiro. A Pinheirinho era do tamanho ideal. Sem tornar a meta invulnerável, exigia perícia do adversário.

Arrumamos onze caixinhas e fomos até a oficina do Jurandir, na Cubatão. Pedimos para ele colocar uma camada de chumbo derretido na parte de baixo de cada uma. Ele era conhecido do tio do Figura, o Amaral. Parece que devia algum favor a ele, ou talvez fosse o contrário, sei lá. Só sei que eles sempre ficavam muito tempo conversando na oficina, e pelo jeito não só sobre carros. Bom, o fato é que ele caprichou, derreteu exatamente a mesma quantidade de chumbo para cada um.

O chumbo disposto dessa maneira permitia defesas sensacionais. Os goleiros caíam com os tiros à queima-roupa na parte de cima, fazendo a bola ricochetear e sair com frequência pela linha de fundo. Lucas aproveitava o lance para soltar a voz:

— O goleiro es-paaaaaaal-ma!!!!

E logo se ouvia a empolgação da torcida.

— Aaaaaaahhhh!!! Uuuuóóóóó!!!

Dos onze goleiros, sete eram dos Santos: o Gilmar do Fariseu e seis Cejas. Todos eram cobertos por fita isolante, para fortalecer a estrutura da caixa e imitar o uniforme preto do portenho. Na frente, reproduzido de um álbum de figurinha, o mesmo retrato de perfil, que valorizava a costeleta encorpada. Eu tinha um Cejas. Os outros cinco eram do Nirvana, Figura, Zigoto, Diabo e Cabaço.

Quando um Cejas defendia um pênalti — especialidade dele nos gramados —, o Lucas, com a mão direita fechada em frente à boca, segurando seu microfone imaginário, entrava em êxtase.

— Cêrras!!! Cêrras!!! Cêrras!!!

Os outros quatro goleiros também eram idênticos no tamanho e no peso, só a estampa mudava. Os do Paulão e do Guru tinham a mesma foto do Ado, o loiro boa-pinta da seleção que as meninas amavam. O Dalton usava um decalque do Leão. E o Lucas ia de Waldir Peres.

De todos nós, só o China, três anos mais velho, não gostava de jogar botão. O negócio dele era pingue-pongue. Dizia também gostar de boxe, mas nunca o vi praticando. Em Nanquim, ele me contou, frequentava a academia de um primo, que treinava lutadores profissionais. Apesar de não jogar botão, passava as tardes com a gente nos fins de semana, desconfio que para aprender gírias.

— Chan quer manjar mais português.

O China sempre se referia a si mesmo na terceira pessoa,

19

talvez fosse mais fácil para conjugar o verbo, não sei. Depois de dois anos no Brasil, ele ainda não entendia muita coisa e, na dúvida, ria de tudo. O Zigoto se sentia reconfortado quando ele estava na roda.

    Naquele sábado nem a narração contagiante do Lucas me animava. Tinha descido até o salão porque... não sei por quê. Porque eu sempre descia até o salão, acho. Foi uma decisão das minhas pernas. Tudo lá me entediava como uma missa rezada em latim. O Nirvana e o Figura ajoelhados ao lado da mesa de centro usada como campo eram coroinhas devotos. O Neve era uma hóstia jogada no altar. Eu ainda gostava de jogar, sim, mas esse culto infantil me encantava cada vez menos.

    Sentei na divisória de alvenaria que separava o salão em dois. Ninguém disse "oi". Ninguém meneou a cabeça para registrar minha presença. Eles me ignoraram. Eu os ignorei. Não havia hostilidade na indiferença, só uma preguiça mútua, resultado de quinhentos anos de convívio.

    Eu estava no salão e não estava. Talvez ainda não estivesse bem acordado. Talvez pensasse no meu pai. Ele estaria acordado? Iria acordar um dia?

    Ou talvez fosse o Pink Floyd ainda repercutindo na minha cabeça. *The lunatic is in my head*... Meu inglês não era lá essas coisas, mas essa parte da letra do Roger Waters dava para entender. "O lunático está na minha cabeça." Eles cantavam para mim. Não gostava quando minha mãe me chamava de lunático. Mas o Pink Floyd não soava como crítica. Eles cantavam num tom, sei lá, solidário. E depois o cara da música não era lunático; o lunático é que estava na cabeça dele. É diferente. Se você é lunático, essa é a sua natureza. Mas se um lunático está na sua cabeça, ele pode não estar no momento seguinte e, portanto, é só um estado passageiro. *There's someone in my head but it's not me.* Vai ver nesse dia eu também tinha alguém na minha cabeça que não era eu.

Fazia uma semana que eu estava ouvindo *The Dark Side of the Moon*. Ninguém mais tinha o LP no prédio. Não vou ser modesto: ninguém tinha o LP no Brasil! Juro que não estou exagerando. Não é uma história edificante, não me orgulho do que fiz, mas olha só como ele veio parar na minha mão.

Meu pai tinha um Transglobe, aquele radiozão enorme da Philco que pega ondas curtas. Desde que eu me entendo por gente, à noite, sempre que dava, ele ouvia o noticiário do serviço brasileiro da BBC. Uma chiadeira só. Tinha que tentar várias frequências até sintonizar. O esforço compensava, ele dizia, porque era o único lugar onde as notícias sobre o Brasil não eram censuradas.

— Os milicos não estão deixando passar nada.

Eu não me preocupava muito com as notícias, censuradas ou não. Mas, com o tempo, passei a gostar do ritual. Tinha algo de clandestino que me atraía. Na calada da noite, eu era o intrépido agente do serviço secreto britânico, arriscando a própria vida para tentar decodificar mensagens atrás das linhas inimigas e salvar a humanidade. Esse era um segredo meu e do meu pai, mas acho que agora já posso contar.

Às vezes, quando ele se atrasava no consultório, eu ligava o rádio e ficava girando o dial. Um dia peguei a Rádio Moscou e a Voz da América, uma na sequência da outra, e depois comentei com ele que as duas tinham sinal mais forte que a BBC.

— É, pode ser, mas é só propaganda comunista e capitalista.

Não sei se concordei, não sei nem se entendi bem o que ele quis dizer. Mas que as transmissões eram enfadonhas, isso eram.

Outro dia, também por acaso, peguei a Rádio Tirana, da Albânia. Eles falavam bem dos chineses, e eu logo me identifiquei por causa do China; eu gostava do China. Além disso, a transmissão era tão formal que eu achava até engraçado. Não tinha muita ideia de onde ficava a Albânia, mas descobri muitas coisas sobre os albaneses. Eles gostavam de comer carne de cabra e tinham em altíssima conta o seu líder, um tal de Envêr Rodjá — não sei como escreve, mas foi o que entendi.

Passeava por Moscou, Washington e Tirana, mas sempre acabava voltando para Londres. Gostava de ouvir a abertura das transmissões da BBC com as badaladas do Big Ben. Um dia — umas duas semanas antes desse sábado meio modorrento — o locutor anunciou que, depois do noticiário, o programa "Som de Londres" seria sobre o novo disco do Pink Floyd. Eu não podia perder. Mantive o rádio sintonizado em 15,39 MHz, na faixa de 19 metros, a mais estável. Nunca ouvi tanta notícia na minha vida. Demorou duzentos anos, mas enfim chegou a vez do Pink Floyd. E foi então que soube do lançamento do LP. Sairia ainda em março e — a grande surpresa — se chamaria *The Dark Side of the Moon*. E não *Eclipse*, como o Figura dizia.

Não que eu gostasse tanto assim do Pink Floyd. Conhecia a banda, claro, mas mais de ouvir o Figura falar. No ano passado, ele tinha feito um curso de inglês de quatro semanas em Londres e calhou de assistir a um dos primeiros shows em que o Pink Floyd mostrou as músicas novas. Até aí, bom para ele. Parabéns! Mas ele não parou de falar sobre "o-baita-show--que-eu-vi". Aliás, ele queria mesmo dizer "que-*só-eu*-vi", o que de cara o colocava um palmo acima do nível da turma. Ele repetia a história, e repetia de novo, e repetia mais uma vez. Que tinha sido no dia 20 de fevereiro. Que era domingo. Que fazia muito frio na Inglaterra. Que fazia muito calor no Rainbow Theatre. Que o Pink Floyd tinha tocado "Breathe", "Money", "Brain Damage" e não sei mais quantas. Que ele tinha ido de metrô até a estação de Finsbury Park. Que havia cinco mil pessoas na plateia. Que elas deliravam. Que a entrada tinha custado uma libra.

Um dia ele me disse que tinha sentado na poltrona Q37.

— Na Q37? Ah... não acredito!

— Duvida?

E aí não é que ele tirou da carteira o canhoto do ingresso? (Meu pai dizia que é bobagem a gente ser irônico, porque ninguém entende ironia. Talvez ele tivesse razão.)

Depois de ouvir a BBC, a questão era o que fazer com a *minha* informação. Para começar ia empatar o jogo. Desci. Estava todo mundo no salão, como sempre. Não era difícil puxar esse assunto com o Figura, qualquer coisa servia.

— Mais de um ano do show do Pink Floyd, hein, Figura?

— Pois é, mais de um ano. Eu lembro direitinho...

E aí veio a sequência esperada e conhecida. Lembro disso, daquilo, daquilo outro. E todos ouvindo. O Figura tinha, não sei, um magnetismo, prendia a atenção das pessoas mesmo contando a história pela milésima vez. Deixei ele falar. Quando percebi que o estoque de detalhes tinha acabado, comentei:

— E você sabe que eles mudaram o nome do disco, né? *The Dark Side of the Moon*. O que achou?

— ...

Não era todo dia que eu deixava o Figura mudo. Depois de ouvir milhões de vezes a mesma história, saboreei aquele silêncio como um sorvete de flocos com cobertura de chocolate da Alaska. Não falei nada, só para prolongá-lo um pouquinho mais. Então o cara que sabia tudo do Pink Floyd, que tinha transformado um canhoto amassado num passaporte para a vanguarda do rock, que contava vantagem por estar por dentro da música psicodélica britânica, enquanto nós ainda lamentávamos o fim dos Beatles, então esse cara não sabia o nome do LP mais aguardado do Pink Floyd?

Aí eu me animei.

— Eu até já comprei o LP.

Assim que as palavras saíram da minha boca, me arrependi. O Figura continuava calado, mas o Diabo falou o óbvio:

— Então vamos ouvir!

Em geral eu penso antes de falar. Não penso só duas vezes. Penso tanto que quando formulo na cabeça o que dizer, a oportunidade já passou. Falar rápido deve ser uma questão de treino. Eu nunca treinei, não sei falar assim. Naquele momento, na empolgação, falei rápido e me dei mal. De onde fui tirar essa ideia de ter comprado o disco? Precisava ganhar tempo se não quisesse me atolar ainda mais. Não consegui articular nada e então disse apenas:

— Calma.

— Calma por quê? Vamos ouvir!

Estava prestes a ser desmascarado, e na pressão soltei a primeira coisa que me veio à cabeça.

— O disco ainda não chegou.

Tentei avaliar as reações. O Diabo deu de ombros, alguém soltou um muxoxo, ninguém insistiu. Aí tive tempo de concatenar melhor a explicação.

— Vocês acham que é assim? Vocês acham que eu fui na Hi-Fi da Augusta? Eu mandei comprar em Londres. Ainda vai demorar uns dias pra chegar.

E com isso ganhei "uns dias".

Senti que a situação exigia uma aposta. Precisava de um desafio dos bons. E se eu subisse os doze andares de escada, sem parar e sem perder a contagem dos degraus?

— Um, dois, três, quatro, cinco...

O primeiro lance tinha dezessete degraus. Confesso que me passou pela cabeça multiplicar por doze. Mas isso seria trapaça, sem falar que eu jamais faria aquela conta de cabeça.

— Dezoito, dezenove, vinte...

Quando estava chegando ao oitavo andar, a dona Mercedes, do 83, que devia ter ouvido minha respiração ofegante, abriu a porta.

— O que é isso, menino? O elevador está quebrado?

Fiz um sinal exagerado com a mão para dizer que não. E continuei. Não podia me desconcentrar.

— Cento e trinta e quatro, cento e trinta e cinco, cento e trinta e seis...

Vencidos mais de duzentos degraus, minhas pernas tremiam e eu não conseguia mais contar em voz alta. Entrei em casa, peguei caneta e papel e fiz a conta. Foi batata: duzentos e quatro degraus. Então. Agora era aguardar.

Estava na hora de ligar para a minha mãe no hospital. Me joguei no sofá até recuperar o fôlego e disquei para o Oswaldo Cruz. Meu pai tinha ficado consciente por umas duas horas durante a tarde. Tinha tomado suco de maçã, piscado para a enfermeira, assistido a dez minutos de *Bonanza*, perguntado por mim.

Minha mãe falava, falava, falava. Eu quase não fazia perguntas. Retinha palavras esparsas em meio à avalanche sonora do outro lado da linha: dois litros de soro, injeção da manhã, a visita de dois minutos do médico, a mesma sopa morna de legumes, o tubo de oxigênio que soltava toda hora, a enfermagem que não vinha ajustar o tubo, a solidão do quarto, a resistência do pai, a angústia, meu filho, a angústia.

Ela falava, falava, falava. Sua voz começou a soar embaralhada e, sem querer, aquela história do LP do Pink Floyd foi voltando aos poucos à minha cabeça. Eu não queria pensar naquilo. Não *devia* estar pensando naquilo. Não naquela hora. Não enquanto minha mãe me contava sobre o dia do meu pai. Mas desde que soube que ele tinha ficado duas horas consciente, umas sinapses involuntárias dominaram minha mente. Fiquei feliz, claro que fiquei, nas últimas semanas foram raros os dias que ele passou tanto tempo acordado. Mas tenho que ser sincero — se não fosse para ser sincero nem devia ter começado a escrever. A verdade é que pensei: se ele ficou duas horas acordado, será que não poderia falar com o Vamberto? Não sei se sinapses involuntárias são possíveis. Os neurônios não são meus? As conexões entre eles não sou eu que faço? Então. Mas a hipótese de uma reação bioquímica dentro do meu cérebro que não dependesse de mim era muito reconfortante para ser descartada. Talvez o Roger Waters fosse solidário comigo. "Tem alguém na minha cabeça, mas esse alguém não sou eu." Ele me entenderia. Claro que, naquele momento, não coloquei as coisas nesses termos. Ainda nem tinha ouvido "Brain Damage". Estou elucubrando isso agora, enquanto escrevo, três meses depois.

Não sei bem o que minha mãe falava quando a interrompi.

—Você pediria uma coisa pra ele?

Não esperei a resposta. Não expliquei por que *precisava* do LP. Me detive no aspecto prático. O Vamberto era amigão do meu pai, podia comprar o disco na esquina da casa dele e me mandar pelo correio. Dessa vez falei tudo de enfiado, como se quisesse me livrar logo do papel que estava fazendo.

Preferia que minha mãe tivesse explodido comigo. Que tivesse me chamado de mesquinho, de insensível, de mau filho. Preferia que ela tivesse berrado para me fazer lembrar que meu pai estava havia mais de três semanas no hospital, e que aquele era um pedido totalmente descabido. Mas não.

Ela ficou em silêncio. Um silêncio de quem custa a crer no que acabou de escutar. Pude ouvir nesse silêncio toda a sua decepção. Ela desligou com uma cordialidade fria.

—Vamos ver como será o dia de amanhã.

No dia seguinte, acordei com o telefone tocando. Pulei da cama e corri para atender. O telefone nunca tocava em casa, muito menos assim tão cedo. Que horas eram?

— Alô.

Olhei no relógio da cozinha enquanto atendia. Passava das dez.

— Está tudo bem.

Era minha mãe. Sempre que ligava do hospital dizia "está tudo bem" antes de qualquer coisa. Nem sempre estava tudo bem. Mas dessa vez adivinhei pela voz que estava. O tom era severo. Ela não usaria esse tom se não estivesse tudo bem.

— Falei com seu pai.

Acordei de verdade com essa frase.

— E?

Minha mãe não respondeu de imediato. Talvez estivesse me dando a oportunidade de perguntar por ele. Mas eu estava ansioso. E com sono. A verdade é que, por um motivo ou outro, não perguntei.

— *E* ele acordou um pouco melhor.

Ela enfatizou o "e" da minha pergunta, como quem diz: "Eu sei que não foi isso que você perguntou, mas vou fazer de conta que foi, só para você não se sentir mal".

— Que bom, mãe! E como ele está?

Me senti ridículo mal terminei a frase. Que pergunta era

aquela? Ela não tinha acabado de dizer? A vergonha tem essa capacidade estranha de fazer eu me precipitar e falar qualquer coisa antes de pensar. Ela percebeu meu desconforto e deixou passar. Depois, sem que eu tivesse perguntado de novo, relatou o que eu queria saber. Falou numa entonação neutra, quase burocrática, como quem cumpre uma tarefa a contragosto.

Meu pai, ela disse, tinha acordado cedo, madrugada ainda, quando o enfermeiro entrou no quarto para medir a temperatura e a pressão. Ficou sabendo do meu pedido. Perguntou que horas seriam em Londres. Eram nove da manhã. Pediu para ligar para o Vamberto. Minha mãe falou primeiro, para dar as notícias do meu pai. Explicou que ele não podia conversar muito. Cansava. Depois passou o telefone. Meu pai fez o pedido e acrescentou: "Mas só se não for dar muito trabalho, Vamberto".

Não, não ia dar trabalho nenhum, absolutamente — minha mãe começou a relatar a conversa dos dois.

Só que o álbum, disse Vamberto, ainda não tinha sido distribuído nas lojas. Calma, calma... O vinil estava na mão, a gravadora enviara cópias de divulgação para os jornalistas. Ontem mesmo a BBC tinha feito um programa sobre o Pink Floyd. Não, seu pai não tinha ouvido, que pena, estava sem o rádio... Não, não, o Vamberto não gostava do Pink Floyd. Não gostava de rock. Ponto. Mas o moleque ia gostar... Não, seu pai não se importava se o disco tivesse um carimbo informando que a venda era proibida. Não, o Vamberto não ia mandar pelo correio. Ia enviar pelo malote da Varig, que saía à tarde. Cortesia para jornalistas. Sim, amanhã estaria em São Paulo. Mas teria que buscar na Varig, tudo bem?

Ao voltar do escritório da Varig a caminho de casa, eu tinha em mãos mais do que um simples lançamento fonográfico. Não precisei ouvir o disco para saber disso. A capa — o prisma vazado sobre o fundo negro refratando um feixe de luz branca num arco-íris — antecipava os poderes mágicos daquele amuleto. Por algumas semanas, enquanto o álbum não fosse colocado à venda na Hi-Fi, *The Dark Side of the Moon* seria meu talismã.

Estava com a cabeça na lua quando o Lucas anunciou com estardalhaço o fim do jogo. Dez a sete! Tinha dado Figura de novo, o que levava a torcida ao delírio.

— Aaaaaaahhhh!!! Uuuuóóóóó!!!

Assim que a torcida aquietou, Lucas, ainda embalado pelo frenesi da locução, soltou do nada e com o mesmo entusiasmo:

— Fala, Giges!

Não era um cumprimento, era uma convocação. Havia um imperativo escamoteado naquela voz esganiçada. Não que quisesse me provocar. Pelo contrário, imagino que quisesse me tirar do meu universo paralelo. Mas a suposta boa intenção só aumentava minha irritação. Ele me encarava, esperando que eu realmente falasse alguma coisa. O Figura e o Nirvana também olharam para mim enquanto guardavam os botões. De repente, virei o centro das atenções. Sentados no chão, o Diabo, o Zigoto e o Cabaço desencostaram da parede e se inclinaram em minha direção. O China riu.

Odiava ser jogado no centro das atenções. Se quisesse ser o centro das atenções *eu* faria alguma coisa a respeito. Não entendia por que minha recusa em participar daquela conversa besta poderia incomodar alguém. Não era um desprezo ostensivo, belicoso. Só queria ficar quieto no meu canto. Era pedir muito?

Fala, Giges!

Falar o quê?

E também odiava que me chamassem de Giges. Só não relutava, só não insistia em Giba, como todo mundo sempre tinha me chamado até um ano antes, porque aí o apelido nunca mais iria desgrudar. Um dia, daqui a um século, eu ainda seria o doutor Giges!

— Não, o doutor Giges está ocupado.

— Doutor Giges! A que devo a honra?

Mas talvez eu não devesse reclamar. Giges, pensando bem, não era o pior dos apelidos. E Zigoto? Será que o Mário gostava de ser comparado a uma celulazinha embrionária só porque mal tinha um metro e meio? E Cabaço, então? Esse nem preciso falar. Se bem que sei de fonte segura que muitos de nós mereciam mais o apelido do que o André.

Havia os apelidos falso ofensivos. Fariseu, por exemplo. Não sei se chamam o Rubens de Fariseu porque ele é mau--caráter ou se ele é mau-caráter porque o chamam de Fariseu. Sim, porque pode bem ser que — devido a algum mecanismo psicológico que eu desconheço — ele queira corresponder à imagem que fazem dele. De qualquer maneira, para um adolescente inseguro, a fama de mau é sempre bem-vinda.

Veja o caso do Diabo. O Oscar é um doce de menino, e claro que essas não são minhas palavras. Pergunte às mães das meninas. Pois bem, no primeiro ano do Objetivo, ninguém se conhecia ainda, a professora de literatura resolve fazer uma leitura dramática do *Auto da barca do inferno*. Sobra para ele justo o papel do Diabo que, como condutor da barca, não saía de cena. Português medieval, sabe? Ninguém entendia direito as próprias falas. Mas o Oscar deve ter percebido o potencial logo de cara, porque, depois de um começo titubeante, encarou a classe com toda a seriedade e soltou a voz com gosto:

— Abaixa aramá esse cu!

A classe veio abaixo, me disseram. Ainda mais porque ele colocou "aramá" entre vírgulas sonoras, como se fosse o nome de uma menina.

— Abaixa, Aramá, esse cu!

Uns se dobravam sobre a carteira e batiam o pé no chão soltando gritos agudos. Outros tinham espasmos. Uma loirinha de olhos verdes tirou os óculos para enxugar as lágrimas. Em meio à gargalhada geral, ninguém escutou a professora explicar o sentido da frase: era apenas uma recomendação de cuidado nas tarefas de embarque. Aramá significa má hora e a palavra é usada no sentido de "infeliz", ela disse. De qualquer maneira, a mestra conquistou alguns leitores para Gil Vicente e o discípulo ganhou o apelido.

Mais tarde, fora da escola, meu amigo deu curso à versão, surgida ninguém sabe como, de que haveria algo de diabólico nele. Não que, como o Fariseu, ele tenha procurado corresponder à expectativa do apelido. Mas quando alguém perguntava se a explicação procedia, ele se limitava a dar um sorriso enigmático. Alguns tiveram a sorte de ganhar apelidos neutros. China é neutro, não? Indica só a origem. Igual ao Zeca que, por ser de Limeira, virou Limeira. O.k., talvez nossa turma não fosse das mais inspiradas. Mas não tinha preconceito contra estrangeiros, fossem do interior de São Paulo ou do outro lado do mundo.

Eu o tratava por China na presença dos outros. Em particular, durante nossas aulas, era Chan, ou, quando ele era o professor, o nome completo: Chan Kim Wo. Eu ensinava a ele português e ele me retribuía com matemática. De vez em quando, eu dava umas pinceladas sobre história do Brasil, nada mais profundo do que a razão de um feriado nacional. Em compensação, aprendi duas ou três coisas da geografia chinesa. Para começar, nunca tinha ouvido falar de Nanjing, sua cidade Natal. Ele precisou me mostrar no mapa-múndi. Ah, é Nanquim! Não que eu já soubesse alguma coisa de Nanquim, mas pelo menos, por causa da tinta, o nome era familiar.

Chan mora no prédio desde 1971. Com dezenove anos, poderia estar na faculdade. Mas tinha perdido alguns anos na escola por causa da língua. Ele só podia treinar na rua. Os pais não falavam uma palavra em português, não sei como atendiam aos clientes na pastelaria que abriram ao lado do Cine Cruzeiro, no largo Ana Rosa, onde eu era sempre bem--vindo. Um dia, tomando um caldo de cana no balcão, tentei puxar conversa com o pai dele, para ser simpático. Falei bem devagar:

— O se-nhor sa-be que o po-vo da Al-bâ-nia gos-ta mui--to dos chi-ne-ses? Eu também!

O senhor Kim Wo sorriu, como o Chan faria, mas não sei se entendeu o que eu disse.

Mais que o China, quem não podia reclamar do apelido era o Figura. Se o Paulo tivesse escolhido o próprio apelido, não teria sido mais feliz. Pauloca, o apelido anterior, com certeza tinha o dedo dele. Era perceptível que gostava da sonoridade. Apresentava-se, sobretudo às meninas, pronunciando o "ló" bem aberto, prolongado, preguiçoso.

— Oi, Paulóóóca.

Um soteropolitano andrógino não seria mais malemolente que aquele paulistano hétero. Figura devia saber disso, porque embaralhava intencionalmente a sinalização de gênero. Alguma ambiguidade sexual construída — estava provado — rendia muitos pontos com as meninas mais interessantes da Paulista.

Aquele mês que passara em Londres apenas acentuou sua inclinação natural para o desbunde. Voltou cheio de anéis, usando calça vermelha e um casaco de general, o figurino completo cantado pela Gal em "Vapor Barato".

— Que figura! Que figura!

E assim, aos poucos, ele foi virando Figura. Não sei se preferia Pauloca. Sei que não reclamou. Nunca reclamávamos dos nossos apelidos.

Giges, ao contrário, surgiu de supetão.

No meio de uma aula — isso um ano antes de eu sair do São Luís —, lá estava eu concentrado tentando adivinhar o trajeto de uma gota que escorria pela janela da sala, quando o padre Fernando apontou o dedo para mim e, com aquela voz acostumada ao púlpito, falou escandindo as sílabas com veemência, como se quisesse acordar uma igreja inteira adormecida em pleno sermão:

— E então, Giges? Vai continuar invisível?

Assustado, confesso que não entendi nada. O que significava aquilo? Que Giges, professor? Ele estava falando comigo? Olhei em volta. Pelo menos ninguém mais parecia ter entendido. O padre Fernando não perdia mesmo a chance de ser obscuro. Decerto achava que isso lhe conferia a autoridade intelectual de um professor de filosofia. Ou ele era professor de religião? Não sei. Aí está, ele era tão obscuro que nem isso eu sabia. Até hoje não sei.

Estava longe nessas divagações enquanto quarenta pares de olhos curiosos focavam em mim lá no fundo da sala, esperando uma reação. Então abri a boca e disse:

— Ahn?

— Muito bem, senhor Gilberto. Vejo que o senhor não sabe de quem estou falando. Então na próxima aula o senhor vai nos apresentar Giges. Valendo nota.

Saí perguntando para deus e o mundo quem era Giges. Menos para o meu pai. Talvez ele soubesse me dizer, mas se eu perguntasse, ele acabaria descobrindo a razão do trabalho. Melhor não.

Quem me salvou foi o Agnaldo, irmão do Cabaço. Ele me

emprestou dois livros: *Histórias* e *A República*. Não era uma pessoa de muitas palavras e disse apenas: "Leia e devolva". Como não havia mais ninguém a quem perguntar, decidi encarar. Valia nota, e eu precisava de nota.

Peguei primeiro o *Histórias*, talvez por causa do título mais amigável. Não posso dizer que eu tenha lido. Fui descendo as páginas com o indicador, na diagonal, à procura do nome. Dei sorte, Giges aparece logo nas primeiras páginas. Me preparei para atravessar uma floresta retórica tão impenetrável quanto o raciocínio tortuoso do padre Fernando. Li algumas páginas. Para minha surpresa, não tinha floresta nenhuma. Aqueles parágrafos estavam mais para um jardinzinho agradável de passear. Não é que Heródoto escrevia bem mesmo? Mas a história não tinha nada, ou quase nada, a ver com a minha suposta invisibilidade.

Deve ser outro Giges, pensei. Abri *A República* e apliquei meu método de leitura dinâmica. Aquele era meu dia de sorte: o Giges de Platão aparecia no começo do segundo capítulo. Tratava-se do mesmo Giges, sem dúvida, mas a história era um pouco diferente e, pelo jeito, devia ser a que o padre Fernando tinha em mente. Copiei o trecho. Com minha letra esparramada, enchi três páginas de uma folha de papel almaço.

Na semana seguinte, fiz a apresentação. Tirei dez. E selei meu destino como Giges.

O que mais me irrita no apelido é que, fora da escola, ele exige uma longa explicação depois do estranhamento inicial das meninas, estampado nas testas franzidas em interrogação.

— Giges?

Era como se a pergunta viesse com uma legenda. "Que raio de nome é esse?"

Gilberto Giges? Não, não... Não era sobrenome, não. Meu nome era Polatti... Gilberto Polatti. Prazer. É, você tem razão, eu também gosto da repetição dos sons... É verdade, seria como em Gilberto Gil... Hahaha... Sim, sim, Giges era só um apelido... Você sabe como é... coisa de escola... Ahn...? O quê...? Ah, você quer mesmo saber? Bom...

Primeiro eu tentava um resumo insosso. Quem sabe minha interlocutora se desinteressaria pela história.

— Então, tinha um professor que me achava tão distraído na aula que eu me tornava invisível como o Giges, aquele pastor da mitologia, sabe? Não?

Às vezes funcionava, quando elas davam a entender, com um grunhido, que já tinham ouvido falar dele. Era mentira, eu tinha certeza, mas fingia acreditar para não esticar o assunto. Um pouquinho de hipocrisia não tira pedaço de ninguém. Mas nem sempre a tática da sinopse sucinta dava certo. Algumas admitiam a ignorância e queriam saber quem era Giges. Que pastor? Que mitologia?

E lá ia eu esclarecer. Como odeio repetir histórias — nisso não tenho nada a ver com o Figura —, ao longo das apresentações fui acrescentando ou tirando detalhes do trabalho encomendado pelo padre Fernando.

Giges ganhou fama, por assim dizer, com Platão. Sempre jogo Platão na primeira linha. A associação dá um mínimo de respeitabilidade ao apelido. Só preciso tomar cuidado para não alimentar expectativas que se frustrariam em seguida.

Platão deu uma boa floreada na história do Heródoto. A versão original não tem ligação com meu apelido, mas, às vezes, se quero impressionar a moça que acabei de conhecer, narro a história como um preâmbulo breve e meio libidinoso.

Giges, segundo Heródoto, pertencia à guarda pessoal de Candaules, rei da Lídia. Isso no sétimo século antes de Cristo. O monarca era apaixonado pela esposa e a enxergava como a mais bela das mulheres, elogiando sua beleza a quem quisesse ouvir. Mas cisma, sabe-se lá por quê, que Giges não acredita. Para vencer a incredulidade do súdito, ordena a ele, nada mais, nada menos, que dê um jeito de vê-la nua! Giges reluta, reluta, reluta, mas, diante da intransigência do rei, acaba cedendo. O próprio Candaules facilita o acesso à alcova real. Seguindo as instruções do rei, ele contempla por um longo período a rainha se despir e então caminhar em direção ao leito.

Contei essa história à Leila em agosto do ano passado, quando a gente se conheceu. Lembro bem do mês porque ela mudou para o prédio quando meu pai ficou internado pela primeira vez. Ela usava uma calça larga de flanela com estampa florida que arrastava no chão e quase encobria o Conga branco encardido. A camiseta Hering curta e justa revelava a pele clara da cintura e o laço frouxo do cordão da calça. O cabelo, um loiro entre o castanho-claro e o amarelo, estava preso num coque improvisado de onde saía a ponta da caneta Bic espetada.

Não a achei particularmente bonita. Não mais do que a

Verinha, a Sílvia, a Laís, a Leda, as meninas do prédio que eu conhecia desde sempre. Se fosse minha namorada, eu não louvaria os encantos físicos dela, como fizera Candaules com sua rainha. Mas havia naquele desleixo um elemento sedutor. Talvez fosse a sua autenticidade. Não era um desmazelo estudado, uma vaidade dissimulada de quem se esforça para transmitir uma imagem avessa à futilidade. Seria antes um desprezo pela própria aparência por ter outros interesses na vida além de escolher a roupa e pentear o cabelo.

Talvez tenha sido por isso que eu resolvi contar a história para ela. Leila ouvia com atenção, sem risinhos fáceis, e nessa minha primeira pausa, perguntou:

— Qual dos dois você acha que era mais tarado?

— Como assim?

— Qual dos dois, o rei ou o súdito?

Eu tinha entendido a pergunta, não sou burro! O que eu queria saber era a lógica por trás dela. Atribuo minha leve irritação ao fato de ter me sentido de repente acuado. Pelo meu script, eu discorreria professoral sobre aquela relação intensa e torta, enquanto ela me ouviria com atenção recatada, apesar da face corada. Encarei Leila tentando entender sua intenção. Ela continuava impassível, como se tivesse me perguntado onde fica a Lídia. Eu me remexia desconcertado na mureta do pátio, pensava numa resposta qualquer. E, antes que minha demora se tornasse constrangedora, emiti um murmúrio hesitante:

— Não sei... o rei... acho...

Apesar da minha falta de convicção, Leila me surpreendeu

de novo esboçando um sorriso cúmplice, que teria sido mais aberto se ela não tivesse entre os lábios a Bic que tirara do cabelo para refazer o coque.

— Hum-hum, eu também!

Não sei se porque ela não usava batom, ou se porque sorria tão pouco, mas desde que tínhamos começado a conversar eu não havia prestado atenção em seus lábios. De repente, a caneta que os mantinha entreabertos me sugeriu, talvez pelo contraste das texturas, que poderiam ser macios como... sei lá... um Eskibon lambido. Só sei que os beijaria antes mesmo que ela tivesse tempo de soltar a Bic.

Leila refez o coque com um golpe preciso e disse:

— E aí?

— E aí o quê?

— Acabou a história?

Ah, sim, a história. Por um momento tinha esquecido do reino da Lídia.

Bem, tudo acontece como o planejado pelo rei, exceto por um detalhe. O Giges do Heródoto não é totalmente invisível. Com o rabo do olho, a rainha percebe quando ele sai do quarto às escondidas. Ela não grita. Compreende que ele só poderia ter entrado lá com o consentimento do rei. No dia seguinte, procurando vingança, dá um ultimato a Giges: "Mate o rei, me possua e assuma o reino. Ou mandarei matá-lo". Giges opta pela vida.

No meu trabalho para a escola, um ano antes, interrompi a história nesse ponto. Afinal, Giges não é mais citado daí em diante. O padre Fernando gostou, tanto é que me deu um dez, mas se não fizesse um adendo não seria ele. Ele disse que a atitude de Giges e da rainha deu início a uma dinastia que carregou em seu âmago — como um castigo transcendental pela origem indigna — o germe da destruição que aniquilaria a quinta geração, destino cumprido com a derrota militar do poderoso Creso.

O padre Fernando tinha predileção por essas frases grandiloquentes. Em geral, atropelava as palavras como um guia de turismo autômato que quer se livrar logo do texto tão repetido. Em outros momentos, no entanto, quando se entusiasmava, como naquele dia, era capaz de soltar o verbo como se tivesse sido precedido por uma saudação de trombetas.

Feita a intervenção, o professor se virou para mim.

— E o nosso Platão?

Ele sempre dizia "o nosso Platão". Imagino que a intimidade com o grego se devesse ao fato de considerá-lo um cristão. Não um cristão qualquer, mas um cristão antes de Cristo, um cristão *avant la lettre*, como ele gostava de dizer, carregando na pronúncia do *R* gutural francês. Depois dos primeiros séculos de cristianismo primitivo, sua filosofia teria sido fundamental para a consolidação do edifício teológico em que se abrigava a congregação do padre Fernando. Naquela aula em que eu observava a gota descendo pela janela, o assunto era a colonização do Brasil pela perspectiva dos jesuítas. Não sei bem como ele enfiou Platão na história. Lembro vagamente da menção de pontos em comum entre *A República* e a vida dos guaranis nas missões jesuíticas.

Talvez fosse por isso — porque já estava com Platão na cabeça — que o padre Fernando me chamou de Giges.

— Muito bem, senhor Gilberto, e o nosso Platão?

Ele continuou me chamando de "senhor Gilberto", mas deve ter ficado sabendo que, naquela semana, eu me tornara Giges para todos os alunos do colégio. Para todos os alunos de todas as escolas! Por culpa dele eu carregava esse apelido infeliz! Giba, o pecador distraído, morrera fulminado pela ira jesuítica vazada naquela voz de trovão colérico.

Se pelo menos eu tivesse ficado doente naquela segunda-feira distante de março de 72... Se pelo menos os dois nomes não tivessem a mesma tônica, facilitando a passagem de Giba para Giges... Se pelo menos...

— E o nosso Platão, senhor Gilberto? E o nosso Platão?

Ah, claro, claro, o nosso Platão. Bem, sua versão é ainda mais fantasiosa que a de Heródoto. Giges não é um guarda real, mas um pastor a serviço do monarca. Certo dia, um terremoto abre uma fenda no solo. Tão assombrado quanto curioso, Giges desce o abismo. Lá nas profundezas, enxerga um cavalo de bronze enorme e oco. Dentro do cavalo há o cadáver de um gigante. Numa de suas mãos havia um anel de ouro. Giges rouba o anel e sai.

Dias depois, reunido com outros pastores, sem querer gira o anel no dedo. No mesmo instante, ele fica invisível. Espantado, olha para os lados. Os vizinhos falam dele como se tivesse ido embora. Ainda sem entender o que está acontecendo, desconfia dos poderes do anel e o gira mais uma vez para testar a hipótese absurda. É incrível, mas volta a ficar visível.

Para ter certeza, repete a experiência: vira o anel para dentro e some; vira o anel para fora e reaparece.
— Isso é impossível!
— Não, senhor Guilherme. Isso é mito.
Impaciente com a interrupção do Gui, o padre Fernando olhou para mim de novo e fez com a cabeça um sinal para eu continuar.
Bem, Giges resolve se aproveitar do dom recém-adquirido. Vai ao palácio e gira o anel. Invisível, seduz a rainha e, com a sua ajuda, mata o rei. Por fim, como também acontece na história de Heródoto, apodera-se do trono.
Padre Fernando, que assistira à exposição sentado à escrivaninha, levantou e se dirigiu à classe:
— Moral da história?
Moral da história? Eu não tinha pensado nisso. Ainda bem que o sinal estridente abortou o debate.

O padre Fernando me vem à mente, ainda hoje, toda vez que ouço alguém me chamar de Giges.
Fala, Giges! Fala, Giges! Fala, Giges!
A voz do Lucas ficou ecoando na minha cabeça enquanto Figura e Nirvana guardavam os botões.
Ignorei o Lucas e acompanhei sem interesse a movimentação de fim de jogo. Figura usava uma embalagem de Catupiry com o símbolo do Santos sobre o papel azul e vermelho do logotipo do requeijão. Nirvana, com mais sorte, guardava Pelé, Clodoaldo e companhia num discreto e elegante estojo

43

de madeira Cohiba, que o pai ganhara de um amigo. Consistente e estreita, a caixa parecia mais adequada para abrigar a esquadra alvinegra que charutos cubanos.

Grandes demais para serem guardados com os botões, os goleiros artesanais e as traves, um dos poucos itens do conjunto da Estrela que nos serviam, ficavam nas gavetas do aparador sob o espelho na entrada do salão. O Leão e o Waldir Peres pertenciam ao Dalton e ao Lucas. Quanto aos outros, tínhamos desistido das identificações. Como os goleiros eram iguais, não fazia a menor diferença se usássemos este ou aquele Cejas. E assim, com o tempo, eles se tornaram uma espécie de propriedade coletiva dos santistas, com exceção do Fariseu, que não dispensava o seu Gilmar.

Naquele sábado, ao notar que não fazíamos questão da propriedade exclusiva dos goleiros, Agnaldo deu um sorriso de aprovação e emendou uma piada que com certeza faria sucesso lá na Fefeleche, onde ele estudava ciências sociais.

— É isso aí, rapaziada. O Cejas é a prova de que o socialismo dá certo.

Alguns riram. Confesso que não entendi bem na hora, e ri mais por educação. O Zigoto riu da piada errada, obrigando o Agnaldo a explicar que não, o Cejas não tinha nada a ver com os *montoneros* argentinos que estavam sempre nos jornais associados a sequestros. O Nirvana riu por respeito hierárquico aos mais velhos — o Agnaldo tinha vinte anos. O Cabaço provavelmente riu por solidariedade fraterna. O China riu porque sempre ria. Mas o Figura não apenas riu. Ele deu uma gargalhada tão ostensiva que parecia cênica. Aquilo era mais que uma gargalhada: era uma declaração do que ele acreditava ser sua superioridade intelectual. Só ele teria capacidade de entender tais referências ideológicas.

Quem ele queria impressionar?

Talvez a Leila. Sentada na mureta entre o salão e o pátio, por um momento ela tinha desviado a atenção da sua leitura para ouvir a nossa conversa.

Usava uma larga camiseta branca, toda recortada, na qual espalhara miçangas. Enviado de Porto Alegre pela tia que não fazia ideia do seu gosto e número, o presente de aniversário de dezessete anos chegara adiantado pelo correio na semana em que o programa mais concorrido no prédio era ouvir o LP do Pink Floyd. À tarde, depois da escola, eu descia com a vitrola portátil e aos poucos a roda ia se formando.

Numa dessas tardes, Leila chegou do Objetivo, pegou o pacote na portaria e, antes de subir, juntou-se brevemente ao grupo. Estava tocando "Money", a primeira do lado B, por enquanto sua preferida. Abriu o embrulho, tirou a camiseta, estendeu-a na sua frente e inclinou a cabeça para o lado, como quem analisa o que fazer com a peça que parecia feita para uma aluna recatada do Madre Cabrini. A música mal tinha acabado quando ela pegou uma caneta na bolsa e fez um círculo maior que o contorno da gola — que parecia estreita demais para passar a cabeça. Em seguida, estendeu a camiseta sobre a divisória de alvenaria e riscou uns picotes entre a gola e os ombros.

— Leila, você está estragando sua camiseta nova!

Sem tirar os olhos do que fazia, ela disse "Espera, Laís".

Colocou-a contra o corpo, segurando a parte de cima com o queixo pressionado no peito. Mediu um palmo, de baixo para cima. Pensou bem e subiu mais três dedos. Achou que a altura estava boa e pediu para a Laís fazer a marca logo acima do seu indicador.

—Vai, vai, pode riscar!

Leila sempre fazia tudo muito depressa. Lia depressa, estudava depressa, decidia depressa. Assim que rabiscou a camiseta, tocou a campainha na casa do zelador, cuja porta da frente dava para o fundo do salão. Seu Januário estava na portaria e quem atendeu foi a d. Teresinha, que passava o dia costurando para fora. Kennedy enfiou a cabeça no triângulo formado pelo braço da mãe apoiado no quadril. Suas irmãs menores, Kely e Karen, também vieram até a porta.

D. Teresinha se ofereceu para cortar a roupa, mas Leila só queria a tesoura emprestada. Sob nossos olhares curiosos, mas agindo como se estivesse sozinha em seu quarto, ela se ajoelhou com a perna direita e na outra ajeitou a roupa. As lâminas rasgaram o algodão com vontade. Entre abrir o pacote e reinventar a camiseta foram menos de vinte minutos. Não que eu tivesse cronometrado, mas sei porque ainda estávamos ouvindo o mesmo lado do *The Dark Side of the Moon* quando ela exibiu a nova camiseta, enlaçando-a num abraço, como se estivesse diante do espelho de um provador da Sears.

Apesar dos fiapos, de algumas irregularidades do traçado e das mangas muito cavadas, Leila tinha transformado um uniforme de colégio de freira numa coisa que ficava no meio do caminho entre uma regata de surfista e uma bata hippie.

Imaginei-a vestindo a blusa. Os braços e os ombros descobertos, o umbigo dançando solto sob o pano sem costura, o decote que revelava seu colo. Em meu devaneio, ela vinha na minha direção, me estendia as mãos e me puxava para rodopiarmos em círculos embalados pela hipnótica "Eclipse" que ouvíamos. Com sua espiral ascendente e repetitiva — *And all you create / And all you destroy / And all that you do / And all that you say...* — a música me levava longe, e a trazia comigo.

Palmas, assobios e gritinhos me trouxeram de volta à realidade. Nos acordes finais, a protagonista estava curvada em um agradecimento teatral, fazendo mesuras caricatas para o público que presenciara aquele espetáculo de costura radical. Com os joelhos flexionados e um pé atrás do outro, ela congelou por um instante o gesto de puxar delicadamente a lateral do vestido imaginário de bailarina, antes de encerrar o ato com um sorriso radiante.

Parecia rir da camiseta retalhada, da tia careta, da sua apresentação, de nós, dela própria. Leila ria como se estivesse feliz pelo simples fato de existir. *Tudo que ela havia criado, tudo que havia destruído, feito, falado* em tão pouco tempo... Foi como se, naquele momento, sua presença tornasse ainda mais ambíguo o sentido de "Eclipse", para mim um poema sombrio sobre a ameaçada sintonia cósmica da humanidade. Pensando em Leila, passei a ouvir "Eclipse" como algo também solar. Eu não sabia explicar, talvez não tivesse vontade de explicar. Só sentia que, quando Leila estava próxima, a vida era intensa.

Naquele último sábado de março, ela estava próxima. As

miçangas na camiseta, que pregara ao acaso, eram estrelas esparsas e cintilantes no universo do seu corpo.

Leila sorriu para o Figura enquanto ele, calculadamente, soluçava com a piada do Agnaldo. Em seguida retomou a leitura, levantando o livro na altura do rosto, como se quisesse desencorajar qualquer aproximação. Olhei a capa. Era escura, parecia uma edição antiga, dos anos 50, com o título em vermelho: *O encontro marcado*. Acima, em letras amarelas, o nome do meu outro rival por sua atenção: Fernando Sabino.

Odiei os dois, Figura e Fernando.

Seis da tarde. Começava a escurecer e as luzes do pátio se acenderam. Além do amplo retângulo do piso central, a área se estendia em faixas estreitas de grama entre pedras planas. Aos sábados o espaço inteiro se transformava num improvisado campo de futebol. As traves virtuais, de um metro de largura, eram demarcadas com a primeira coisa que aparecesse na frente, em geral jaquetas enroladas ou pares de tênis. Cinco ou seis para cada lado. A torcida era tão entusiasmada quanto desatenta. Para os mais velhos, o futebol era só uma maneira de preencher o tempo entre o ócio da tarde e o programa da noite.

Nas últimas semanas parei de jogar. Sábado era o meu dia de ir ao hospital, substituir minha mãe como acompanhante. Chegava ao Oswaldo Cruz às dez da noite e saía na manhã seguinte, depois que ele acordava, isso quando acordava.

Assim, enquanto quase todos foram ao pátio, eu subi para

casa com a vitrola. Tinha algumas horas ainda; ficaria ouvindo Pink Floyd no quarto, antes da caminhada de vinte minutos até o hospital. Figura pegou o elevador comigo. Ouviríamos o disco juntos de novo. Nessa altura, já tínhamos decorado as letras, nem precisávamos mais conferir no encarte. Figura queria que eu tocasse "Breathe". Ele adorava fazer comparações com a versão ao vivo, acho que só para me lembrar que estivera no show, e assim reequilibrar a disputa velada entre nós sobre qual dos dois era a maior autoridade da Vila Mariana em Pink Floyd.

Concordei em tocar "Breathe", mas na sequência — ou seja, logo depois da primeira, "Speak To Me". Já tínhamos tentado ouvir as duas faixas separadas, mas não havia intervalo entre elas e ficava difícil posicionar a agulha no ponto certo. De qualquer maneira, não queria forçar a vitrola, que já estava dando defeito. Em vez de voltar sozinho à posição inicial, o braço ficava batendo no círculo interno enquanto não fosse reposicionado manualmente.

Será que, sem perceber, usei um tom mesquinho? Será que essa minha ressalva tão lógica soou como se eu quisesse dizer "a vitrola é minha, o disco é meu, e vamos ouvir do jeito que eu quiser"? Ou talvez o problema tenha sido ele. Vai ver ele estava mais sensível. Não sei. Só sei que ficou chateado. No meio do trajeto do elevador tocou o décimo andar e disse que ia para casa.

Entrei no quarto chutando a porta. A maçaneta bateu com força na parede e uma lasca de tinta que já devia estar solta caiu no chão. Não tinha premeditado o chute. Naquela situação, com a vitrola numa mão e o disco na outra, seria natural usar o pé. Mas devia ter desconfiado que não estava num bom dia quando, em vez de empurrá-la, dei um pontapé com gosto. O lunático estaria na minha cabeça?

Não acendi a luz. Levantei a persiana e, com a pouca claridade que entrou, consegui enxergar o suficiente para não pisar no prato com o resto do jantar de sexta. Abri a vitrola perto da parede onde ficava a tomada. Ao deitar no chão, senti sob a bunda um pequeno volume, rígido e anguloso. Me inclinei para pegá-lo. Era o Cejas! No meu último jogo, guardei o jogador no bolso e depois o esqueci jogado no quarto. Apalpei-o no escuro. O goleirão não parecia amassado. Eu devia ter sentado sobre o lado que tinha chumbo.

O fato de o Cejas estar intacto parecia a única boa notícia do dia. O que eu tinha feito nas últimas horas? Nada. Tinha acordado quase às duas da tarde. Tinha me entediado na companhia dos amigos. O Lucas, coitado, sem querer, me encheu com aquele carnaval de "Fala, Giges! Fala, Giges!". A Leila só quis saber de ler, além de dar bola para o Figura. Ou não ficou dando bola para ele? E ainda por cima eu tinha que ir para o hospital!

Liguei a vitrola. Recostei na parede em frente à janela, com a cabeça entre os dois alto-falantes para não ouvir a gritaria que vinha do pátio, doze andares abaixo. Deixei o Pink Floyd rolar. *Ticking away the moments that make up a dull day/ You fritter and waste the hours in an offhand way*. "Time", a penúltima do lado A, era a descrição do meu dia. O que eu tinha feito naquele sábado, a não ser deixar o tempo escorrer inaproveitável por entre meus dedos enquanto o tédio alongava os minutos de um dia monótono em arrastados tique-taques? O temporal estava atrasado, mas não iria demorar. A lua minguante não dava condições de discernir as nuvens, mas elas estavam ali, visíveis a cada raio que riscava o céu. Num clarão fugaz, uma delas me lembrou Leila. Ela vestia uma bata esvoaçante e parecia olhar em direção ao horizonte.

Imaginei que se a nuvem continuasse assim quando iluminada pelo relâmpago seguinte, então eu iria beijá-la ainda naquele dia. Mais uma associação lunática. Na verdade, estava redobrando a aposta de horas antes. Era tudo ou nada, e dessa vez não havia o que fazer a não ser aguardar. Logo um trovão não anunciado indicou que o negrume indistinto das nuvens tornara invisível a descarga elétrica. Perdi.

Com os braços apoiados no chão, jogava o Cejas da mão esquerda para a direita, da direita para a esquerda, da esquerda para a direita, e de novo, e de novo. Às vezes minha mão preguiçosa não o apanhava de volta, e eu sentia o chumbo me beliscar a barriga.

Apesar de ainda não ser sete horas, a noite caíra. Ouvi um bater de asas. Olhei para a janela e demorei para enxergar o pássaro preto de volta ao parapeito. Fazia alguns dias que o chupim não aparecia. Nas últimas semanas um bando deles devia estar se alimentando por perto, talvez no Ibirapuera. Achava aquele chupim meio ordinário, meio esquisito, talvez por causa do canto alegre, com variações surpreendentes de melodia e de timbre, que não combinavam com sua aparência sinistra. Você já viu um chupim? Na penumbra, parece um corvo. Dessa vez ele não cantou. Vai ver era outro chupim, um amigo introspectivo do espalhafatoso que costumava me visitar. Ou era a concorrência do Pink Floyd. Será que ele estava ouvindo o Pink Floyd?

Gostava dos chupins até o dia em que, pouco antes de ser internado, meu pai entrou no quarto quando um deles estava pousado na estrutura metálica da persiana projetada para fora, uma gaiola sem grades. Ele se aproximou da janela devagar para não assustá-lo e, tendo se certificado da espécie, sussurrou:

— É um chupim.

Por mim podia ser um pardal, não faria a menor diferença. Não tinha perguntado nada, e não perguntei nada depois de ficar sabendo o nome daquele corvo simpático. Mas ele resolveu me falar sobre chupins mesmo assim.

— Sabe como eles se reproduzem?

Não respondi. Ele iria contar mesmo se eu dissesse que sabia.

E contou. Disse que os chupins põem os ovos nos ninhos dos tico-ticos quando eles saem para buscar comida e, na volta, sem perceber a armação, os involuntários pais adotivos chocam os ovos alheios enquanto os chupins cantam por aí. Quando os filhotes nascem, os chupins, que são maiores, roubam a comida dos frágeis tico-ticos, e muitos acabam morrendo.

Devo ter exagerado na máscara de repulsa, porque meu pai sorriu e disse:

— Eles não são maus, Giba. É só a natureza deles.

Ainda assim, desde aquele dia, não vi mais graça no canto dos chupins. Pelo menos aquele ali diante de mim estava em silêncio. Deitado de frente para a janela, arremessei o Cejas na direção do pássaro. Não queria acertá-lo. Joguei por jogar. O goleiro quicou na parede e voltou cambaleando pelo chão. Puxei-o com o pé e mirei de novo. E de novo. E de novo. Mirava na janela entreaberta que protegia o chupim. Só queria dar um susto nele, espantá-lo dali.

Me dedicava a esse esporte infantil e cruel quando entraram os primeiros acordes de "The Great Gig in the Sky", um teclado lento e melancólico em tom menor. Lá pelas tantas há uma fala quase inaudível: *if you can hear this whisper you are dying*. Pelo menos, o Figura dizia ouvir a frase, provavelmente porque lera isso em algum lugar. Tínhamos procurado "whisper" no *Michaelis*. Traduzimos. "Se você consegue ouvir este sussurro é porque está morrendo." Ficamos arrepiados.

Só um tempo depois disso que, trocando cartas com o Figura, chegamos à conclusão de que a letra apenas constatava um fato da vida. Se você está ouvindo a música, é porque está vivo, e se está vivo é porque está morrendo. No conjunto do álbum, isso deveria ser entendido como uma advertência a jovens como nós: aproveite a vida, não pense que você é eterno.

Mas não foi assim que ouvi a faixa naquela noite. Estava triste, queria gemer junto com a mulher que soltava aqueles agudos tristes num lamento sublime.

Enquanto ela cantava com aflição, sonhei que o Cejas voava. Ele está ao meu lado, tranquilo e compenetrado, como um goleiro deve ser. E de repente, sem que eu possa atinar com a decisão tresloucada, resolve voar. Veste seu uniforme preto, como o chupim, mas esquece de colocar as asas. Passa pela janela como quem faz uma ponte para uma defesa espetacular. Ainda no ar percebe que lhe falta o gramado onde ele deveria cair com a bola apertada contra o peito. Cejas abre os braços em desespero. As pernas em movimento frenético buscam um chão inexistente. Olhos arregalados no vazio, ele vê lá embaixo, no vão formado pelos prédios em volta, os moleques jogando bola. Eles estão cada vez mais próximos. Sugam Cejas como um ímã poderoso. Antes de encontrar a pedra implacável do piso, ele beija o cabelo encarapinhado de um menino que acompanha a partida ao lado das duas irmãzinhas.

Acordei com gritos que não vinham mais da vitrola. Ela só repetia tlec-tlec-tlec-tlec-tlec-tlec. A música tinha terminado e a agulha batia insistente no círculo central, como pouco antes a caixa chumbada batera tantas vezes no vidro. Até encontrar a fresta.

GIBA. GIBA.

Não sei por quanto tempo permaneci estirado no chão, um réptil inerte e frio. Deve ter sido um átimo. Mas hoje, ao tentar reconstituir o que ocorreu três meses atrás, sinto como se o tempo tivesse desacelerado naquele instante, se arrastando tão devagar que, quando eu despertasse do transe, haveria tanto pó sobre o meu corpo quanto no carpete do quarto, sujo havia meses.

Não estava inconsciente. Mesmo imóvel, percebia o mundo à minha volta. Via as cortinas abertas invadirem o quarto, infladas pela ventania que precede as tempestades.

A imobilidade parece ter me aguçado a audição. Ao meu lado, o braço defeituoso da vitrola insistia no tlec-tlec-tlec--tlec, como se pedisse para voltar a deslizar sobre o disco. Em vez do Pink Floyd, porém, eu ouvia o vento vociferar. Ouvia também as primeiras gotas gordas de chuva na janela e a fricção metálica de persianas sendo fechadas como notas do prelúdio de uma sinfonia angustiante. Lá de fora chegavam os sons que comporiam os movimentos seguintes: gritos abafados, expressões carregadas de espanto e de horror, e uma voz de mulher que parecia ralhar e se desesperar com o moleque que lhe dera um susto.

— Kennedy!! Kennedy, meu filho! O que aconteceu?! O que você fez?! O que fizeram com você?!

Eu via e ouvia, mas não conseguia me mexer. Talvez não quisesse me mexer. Talvez preferisse a ilusão efêmera de que assim, rijo como um cadáver, eu enganaria o tempo e me refugiaria para sempre no passado, um lugar onde estaria a salvo da ira justa dos deuses.

Às vezes, na passagem da vigília para o sono, sinto como se eu me desprendesse do corpo. Não sei se você já sentiu isso. Flutuo acima da cama ao mesmo tempo que me observo lá embaixo, deitado. Como não estou no corpo, ele fica imóvel. Por mais que eu tente — e tento no limite das minhas forças, física e psicológica — nenhum músculo responde ao comando do cérebro. Com a boca estática, também não emito som. A volta à realidade, quando estou prestes a asfixiar, em geral vem acompanhada de um grito primitivo que começa amortecido no sonho até ecoar pelo quarto. E então escapo do destino dos mortos-vivos, que conheço tão bem graças à imaginação de Edgar Alan Poe e do Zé do Caixão.

Naquele sábado, se deuses compreensivos e tolerantes me dessem a escolha, não teria pensado duas vezes em optar pelo pânico de uma catalepsia em troca de uma volta no tempo. Mas, não! Logo comecei a me mexer. Os dedos da mão direita se esticaram titubeantes em busca do que eu sabia que não se encontrava mais lá. Mas a mão tinha vida própria. Não tinha, Giba? Contra a lógica terrível que me agitava e acelerava a respiração, a mão apalpou o chão à procura do Cejas. Mas, claro, a caixa chumbada não estava mais no quarto. O que você fez, Giba?! O que você fez?! Levantei em sobressalto. Corri em direção ao parapeito, mas não tive coragem de me debruçar. Não queria confirmar com os olhos o que os ouvidos antecipavam. Fechei a janela com um tranco, como se a punisse por estar aberta.

Fui me afastando, andando para trás a passos largos e acabei acertando a vitrola com o calcanhar. O braço pulou e os alto-falantes emitiram de novo aquele uivo de mulher, que agora soava ainda mais lúgubre. Com os braços esticados fui vencendo a escuridão. Ao sair do quarto, desequilibrado depois de pisar no prato jogado no chão, dei com a cara no batente e uma lente dos óculos se soltou. Peguei-a no chão e, enquanto caminhava apressado pelo corredor, procurei recolocá-la, tarefa que costumava me tomar uns bons minutos de concentração, mesmo quando estava tranquilo e sentado. Frustrado por não conseguir encaixá-la na ranhura com as mãos trêmulas e úmidas de suor, joguei os óculos contra a parede, depositando neles a exasperação difusa que me empurrava para fora de casa.

Chamei os dois elevadores, mas mal esperei o sinal de que se aproximavam. Comecei a descer pelas escadas. Não precisava dos óculos. Poderia descê-las de olhos fechados, saltando degraus, como fizera tantas vezes na infância, impelido por

59

uma alegria inocente. Depois de desembestar pelas curvas em caracol, diminuí o passo. Se eu não sabia para onde estava indo e o que iria fazer, qual o sentido da pressa?

Sem saber o que pensar, a cabeça latejava quando, a dois lances do térreo, fui tomado por uma estranha calma. Como o protagonista de um espetáculo sobre a loucura, me vi compenetrado, irrompendo no palco para o monólogo final. Se fosse convincente, o público poderia, não me absolver, porque há crimes para os quais não há absolvição, mas pelo menos me compreender.

Com minha túnica andrajosa, entro no recinto e, sob os refletores da ficção que me protegem, abre-se o círculo humano formado em torno do menino ferido na cabeça. O sangue encharcava uma têmpora e um filete escarlate escorria pelo pescoço, manchando a camiseta com o emblema da Escola Estadual Brasílio Machado costurado no peito esquerdo. Ele está desfalecido, inclinado no colo da mãe, indiferente ao mantra aflitivo:

— Kennedy, filho! Meu Kennedy! Filho! Meu filho!

Me aproximo dos dois e o círculo humano volta a se fechar ao nosso redor. Kennedy parece não respirar, mas ninguém age como se ele estivesse morto. Ajoelhado ao seu lado, toco-lhe o ombro delicadamente, como se quisesse acordá-lo. Ele me ignora. Pego o Cejas estropiado sobre a grama e o fito, buscando em seus olhos firmes a coragem para dizer o que é preciso dizer. Encaro a mulher e, como se pedisse desculpa, digo:

— *Eu não sei o que fiz.*

Todos me olham incrédulos. Com longos intervalos, sem saber ao certo o que falar e sem saber aonde pretendo chegar, continuo:

— Não sei o que fiz... Não sei o que aconteceu... O que aconteceu comigo... Estava escuro... Estava muito escuro no meu quarto... Um corvo veio me visitar... Foi isso... Um corvo... Ele cantava para mim... Era uma música triste, muito triste... E ele não parava de cantar... Eu queria que ele parasse, mas ele não parava... Vocês não ouviram? Ele cantava tão alto... Parecia uma mulher enlouquecida... Eu quis calar o corvo... Quis calar a mulher... E foi então que não sei o que fiz... Esta caixa aqui, olhem... Esta caixa aqui estava na minha mão... E depois não estava mais... E agora ela está aqui... Está amassada... Está suja de sangue... O que eu fiz? Vocês sabem que eu não... Vocês sabem, não sabem? E se tivesse alguém na minha cabeça... Sim, sim, só pode ser isso... Agora enxergo tudo claramente... Tinha alguém na minha cabeça... E esse alguém não era eu... Vocês sabem, não sabem?... O lunático...

Falava comigo mesmo enquanto descia os últimos lances da escadaria. No térreo ouvi de novo murmúrios vindos do pátio. Agora já sabia para onde ir. E já sabia o que fazer e como fazer. Iria me ajoelhar diante da d. Teresinha, contar tudo a ela e aos outros, implorar um perdão impossível e acabar de vez com a minha agonia e com a minha vida. Caminhei rápido rumo à aglomeração, como quem tem medo de mudar de ideia de repente, e gritei:

— Com licença!

O círculo compacto não se mexeu. Sobre um ombro entrevi o menino deitado com o sangue respingado na camiseta da escola. A chuva apertava e alguém abriu uma caixa de papelão do Barateiro e lhe improvisou um anteparo. Todos falavam alto e ao mesmo tempo.

Gritei de novo, com mais força:

— Com licença!!

De novo ninguém me ouviu. Não devo ter gritado com muita determinação porque logo em seguida, quando o Fariseu encheu os pulmões e soltou um berro, todos silenciaram e olharam para o alto, para onde seu dedo acusador apontava.

— Foi o Figura! Foi o Figura!

Durante alguns segundos tudo o que se ouviu no pátio foi o gotejar da chuva nas poças d'água. Nesse momento, se eu tivesse pedido licença mais uma vez, mesmo num volume de confessionário, com certeza teria sido escutado. Mas a explosão inesperada do Fariseu foi de tal magnitude que provocou um atrito planetário, freando a rotação da Terra e retardando meus movimentos. Acho que só assim, com a ajuda de um cataclismo, conseguiria explicar meu silêncio rastejante.

Cheguei a pensar o impensável. A convicção do Fariseu foi tão atordoante que, enquanto eu tentava em vão produzir uma mísera interjeição que fosse, me cruzou a mente a hipótese absurda de que ele tivesse visto de fato o Figura atirar a caixinha chumbada da sua janela.

— Foi ele! Foi o Figura!

Fariseu tinha apenas notado um vulto na janela do quarto do Figura, no décimo andar. Era a única no bloco dos apartamentos com final dois que estava com a luz acesa. Deduziu que tivesse sido ele. Lá de baixo, com a chuva e a contraluz dos postes, a visibilidade era precária. Parecia incrível que as pessoas estivessem lhe dando crédito. Mesmo que fosse Figura o vulto na janela — e era até provável que fosse ele — o que isso provaria? Se tivesse cometido um atentado, por que permaneceria na janela iluminada, aguardando para ser visto e incriminado? Nada disso fazia sentido. Mas, já há algum tempo, acusar Figura não era uma questão de lógica ou de evidência, mas de hábito.

Certa madrugada, uns dois anos antes, no primeiro aniversário da morte de Jimi Hendrix, ele foi acusado de pichar a inscrição JIMI HENDRIX LIVES na parede da garagem e no Opala Diplomata marrom metálico do dr. Diogo do 92, seu vizinho de baixo, que vivia reclamando da música alta que o Figura ouvia até tarde. Na manhã seguinte, apesar da ausência de testemunhas, o síndico foi direto à sua casa e o tratou como único suspeito. Se ele tinha pichado, não tinha sido sozinho, o que era fácil constatar pelas diferenças de caligrafia. Mas o Figura, com a cabeça erguida em desafio à autoridade, reivindicou a culpa, como se quisesse receber todos os louros pela rebeldia. Quando o síndico resmungou, numa roda de moradores, que o moleque era um caso perdido e que não se arrependia de nada, ele contestou.

— Eu me arrependo, sim, seu Adriano. Me arrependo de não ter homenageado também a Janis Joplin!

Foi a partir desse dia, acho, que tudo de errado que acontecesse no prédio era culpa do Figura.

Meses depois alguém começou a riscar, ao que parece com canivete, o painel do elevador social. A primeira palavra surgiu, em letras maiúsculas, ao lado do botão 11: BURGUÊS. Dias mais tarde, a mesma palavra foi escrita ao lado do 5 e do 7. Na sequência, foi desenhada uma chave gramatical englobando os andares 2, 4, 6 e 8, enfileirados do lado esquerdo. No meio da chave, a palavra foi mais uma vez repetida, só que no plural: BURGUESES. Ao tomar o elevador num domingo de manhãzinha para ir comprar pão na Charmosa, a d. Mercedes do 83 leu a frase entalhada de madrugada no alto do painel — ABAIXO, A BURGUESIA — e mandou o síndico chamar a polícia porque ela tinha certeza de que havia comunistas no prédio. Fiquei sabendo que o Agnaldo, que voltava de algum bar ou reunião, comentou candidamente que aquilo não devia ser coisa de comunista.

— Como não?

— Os comunistas não colocariam essa vírgula, d. Mercedes. A senhora nunca viu as fotos na *Manchete*? É "ABAIXO A BURGUESIA!" que se escreve, sem vírgula e com ponto de exclamação.

— Com vírgula ou sem vírgula é tudo a mesma coisa.

— Veja bem, d. Mercedes, a rigor a vírgula muda o sentido da frase. Isso aí não é palavra de ordem, como a senhora está imaginando. Foi só alguém que resolveu listar onde os burgueses do prédio moram. É como se escrevesse "abaixo (vírgula, pausa) os andares onde moram os burgueses". E além disso não há juízo de valor na frase. A senhora, por exemplo, acha que ser burguês é ruim?

A intervenção do Agnaldo foi tão bem lapidada que suspeito que ele tivesse sido no mínimo o mentor daquele ato. O síndico não entendeu nada, mas diante do tom professoral do irmão do Cabaço, resolveu não chamar a polícia. De qualquer maneira, a polícia não seria necessária para ajudar na identificação do culpado. O vândalo, todos estavam de acordo, só poderia ser o Figura. Informado do veredito popular, meu amigo riu com escárnio e satisfação. Agora todas as meninas da Vila Mariana saberiam que ele era um delinquente com muita classe. O que mais poderia pedir?

Naquele sábado chuvoso a suspeita em relação ao Figura se transformou em certeza coletiva quando seu tio, que morava com ele, desceu esbaforido. Amaral estava acelerado como poucas vezes eu o tinha visto — e olha que com frequência ele entrava e saía do prédio em estado de pura agitação. Ansioso, mascando um chiclete de modo compulsivo, falava ao mesmo tempo com todos e com ninguém. Pelo menos fiquei com essa impressão, talvez porque, devido aos óculos escuros embaçados pela chuva, eu não soubesse a quem ele se dirigia.

Amaral repetia que ninguém ali precisava se preocupar porque tudo seria resolvido. Depois abraçou d. Teresinha e disse que seu filho ficaria bem, ela ia ver, podia confiar nele. Disse que por sorte seu sobrinho tinha viajado. O Paulo — o Figura, não é assim que vocês chamam ele? —, ele era tão sensível e gostava tanto do Kennedy que ficaria de coração partido se visse o menino assim. Mas o Kennedy ficaria bom logo, viu, d. Teresinha. E a senhora também não precisaria se preocupar com hospital porque ele, Amaral, iria resolver tudo.

E hospital particular bom, o melhor para o Kennedy se recuperar logo. Não, ela não deveria se afligir com nada, muito menos com conta de hospital. Ele, Amaral, já tinha pensado em tudo. Era só acreditar nele. Tudo ia ficar bem.

A sutileza não se contava entre as qualidades do Amaral. Em cinco minutos alucinados, ele comprometera de vez o sobrinho. A informação de que o Figura tinha viajado não resistiria a duas ou três perguntas a qualquer um de nós. Ele passara a tarde no prédio jogando botão, todos viram quando subiu e ninguém percebeu ele deixar o prédio, muito menos com malas. E, para completar, Amaral insinuara, na frente de todos, que arcaria com as despesas hospitalares. A troco de quê?

Aos poucos, três grupos foram se formando no pátio. Um cercava Kennedy e sua mãe. Outro tratava de questões práticas, como telefonar para o hospital mais próximo. O terceiro especulava sobre a autoria do crime.

Me aproximei desse grupo e fiquei ouvindo a conversa dos adultos. Um defendeu que se chamasse a polícia imediatamente. Afinal, argumentava, mesmo que o menino sobrevivesse, um crime havia sido cometido. Mesmo se quem atirou a caixa não tivesse tido a intenção de atingi-lo, um crime havia sido cometido. Por isso a polícia devia ser acionada, e logo.

Outro comentou que bastaria identificar o dono do goleiro e o mistério acabaria.

Sim, claro, esse é o meu Cejas, e ele voou da minha janela, pensei — mas sem mover um músculo da face.

O pai do Zigoto, porém, lembrou que não seria fácil saber

quem era o dono. Meu filho, ele disse, tinha um goleiro idêntico. E, além disso, os moleques guardavam os goleiros todos juntos numa gaveta aqui no salão. São quantos?, alguém quis saber. O pai do Zigoto pediu que o filho fosse buscá-los. Ele levou todos, os Cejas e os outros goleiros também. Havia cinco Cejas. Não sei qual, mas um deles é meu, disse o Zigoto. Tem um que é do Nirvana e um do Diabo. O Cabaço também tem. Zigoto contava nos dedos, um, dois, três, quatro. Dos seis, faltavam dois. Bem, um deles é do Figura e o outro é... dele — Zigoto apontou o dedo para mim.

Antes de eu ter qualquer reação, o síndico disse que essas informações não levariam a nada. O criminoso, defendeu, poderia ser qualquer um que não estivesse no pátio naquela hora. O Zigoto não tinha saído de lá, nem o Diabo, disse o seu Adriano. O síndico olhou para mim.

— O Gilberto também estava por aqui, não estava, Gilberto?

Ele não esperava uma resposta, estava apenas ilustrando a defesa da sua tese com os exemplos à sua frente.

Mas isso torna os outros meninos os únicos suspeitos? Seu Adriano perguntou e respondeu: são suspeitos tanto quanto qualquer outra pessoa do prédio que soubesse onde os goleiros ficavam.

Formou-se um consenso em torno dessa posição. Pode ser até, disse o pai do Zigoto, que alguém quisesse incriminar um dos meninos.

Ao contrário do Fariseu, ninguém naquele grupo fazia

67

acusações ou mencionava nomes de suspeitos, mas eu podia apostar que todos pensavam no Figura. De qualquer maneira, com o Kennedy ainda desacordado, a prioridade era socorrê-lo. A polícia seria o passo seguinte.

Eu estava ainda ao lado do síndico, do pai do Zigoto e de outros três ou quatro condôminos que só conhecia de vista quando o Fariseu encostou em mim e colocou um braço nos meus ombros.

— Que merda, Giges!

Não sei se porque estávamos molhados, mas o contato físico me causou desconforto. Ao tentar me desvencilhar, Fariseu me segurou com mais força. Emotivo, tinha aproveitado a chuva, imagino, para chorar sem que ninguém percebesse.

Me contou que estava a um metro do Kennedy quando ele foi atingido. Na hora ninguém entendeu o que tinha acontecido. Não se lembrava nem de ter ouvido o barulho da pancada. Quando viu, o Kennedy já estava caído. Chamou-o pelo nome duas, três vezes, ainda sem saber se era algum tipo de brincadeira. O lado da cabeça que sofrera o impacto estava virado para o chão e o Fariseu só percebeu que tinha sangue quando tentou erguê-lo. No começo não parecia muito machucado, talvez porque de cara não desse para ver o sangue empapado naquele seu cabelo duro e armado. Mas aí um fiozinho escorreu pelo pescoço.

Foi o grito do Fariseu, e não a queda do Kennedy, que interrompeu a partida. Até então, quem estava mais distante ainda não tinha percebido o menino estendido. O Zigoto, ofegante pela correria do jogo, se aproximou e, com as mãos apoiadas sobre os joelhos arqueados, olhou incrédulo para o Fariseu sentado no chão com a cabeça do Kennedy sobre a coxa. Logo os outros se aglomeraram em torno dos dois. O Diabo foi o último a chegar. Na ponta dos pés, tudo o que conseguia ver eram nucas. Decidiu dar a volta para tentar um ângulo melhor do outro lado do grupo e no trajeto acabou pisando no Cejas, que achatou sob seu pé. Recolheu o goleiro e sentiu com os dedos a ponta de chumbo espetada para fora da caixa despedaçada. Foi apenas quando ouviu alguém dizer que alguma coisa devia ter acertado a cabeça do Kennedy que ele se deu conta de que tinha nas mãos o provável projétil.

Levantou o goleiro na altura da cabeça.

— Acho que foi isso aqui.

Por um momento, Fariseu me contava, as atenções se desviaram do Kennedy. O que um Cejas todo arrebentado estaria fazendo ali no meio do pátio? Alguém tinha jogado o goleiro pela janela? Quem? Quem seria louco de jogar uma caixinha chumbada num pátio cheio de crianças?

O Diabo não tinha a menor ideia. Todos olharam para cima, procurando pistas, mas, com a chuva que começara a cair e a luz dos postes, ninguém conseguia ver nada.

A turma abriu espaço para d. Teresinha, e o Fariseu, com cuidado, entregou a ela a cabeça ensanguentada do filho.

O relato me deixou nauseado.

Eu simplesmente não queria ouvir aquilo. Não queria saber o que eu tinha feito, a dor que eu estava causando. Não queria olhar para aquele menino agora enrolado num cobertor — sei lá por quê, o dia estava quente e abafado. Não queria mais ouvir o soluço agoniado da d. Teresinha. Não queria que o mensageiro desavisado da minha desgraça — sim, da *minha* desgraça — fosse justamente a pessoa que sem querer colocara à prova a minha consciência e o meu caráter.

— Que merda, Giges!

Giges, Giges... Em meio ao alvoroço de lamentos e imprecações, o apelido me transportou para a Lídia. Lá estava eu, o guarda pusilânime, o pastor repulsivo que, tirando proveito da invisibilidade, matara o rei e escapara impune. Olhei com relutância o pequeno monarca que parecia entregue a um sono profundo. Agora ele trajava um manto sem estampas desnecessárias, majestoso e sóbrio. Coroaram sua cabeça com um turbante real em que fora incrustado um imenso e vistoso rubi do lado direito. Que mortalha singela! A própria mãe o teria costurado com esmero, usando as linhas da prostração atroz e da melancolia abissal.

Devo ter ficado algum tempo petrificado diante deles porque d. Teresinha, apesar de não tirar os olhos do filho, percebeu minha presença e, enquanto ajeitava o curativo improvisado, me perguntou:

— Quem fez isso, Gilberto? Quem fez isso?

Fitei-a demoradamente. Como uma madrinha compreensiva, d. Teresinha me dava uma segunda chance para eu dizer que, sim, ela estava diante da pessoa que, numa atitude impensada, impensável, lançara ao espaço aquele pedaço de chumbo que fazia sangrar o filho desfalecido.

Como num efeito de cinema, notei as pessoas emudecerem antes de se tornarem indistintas sob a chuva torrencial. Era como se não houvesse ninguém no pátio, a não ser ela e eu — e entre nós um silêncio que implorava para ser quebrado.

Lembrei da aula do padre Fernando, na semana seguinte à minha exposição sobre Giges, um ano antes. É sob o manto da invisibilidade, disse ele, que se revela a verdadeira natureza moral de uma pessoa. Pois naquela noite, postado em frente à d. Teresinha, eu estava perfeitamente invisível. Mantinha o anel em meu dedo virado para dentro. Podia permanecer assim tanto quanto quisesse. Também podia girá-lo para fora a qualquer momento. O que eu faria? Afinal, qual seria a essência sob o verniz que exibo aos outros? Na *República*, eu me lembro, os interlocutores de Sócrates argumentam que a virtude da justiça só é exercida sob algum tipo de constrangimento. Se o homem tiver liberdade de escolha, vai sempre optar não pelo que for justo, mas pelo que for mais conveniente a ele.

Eu não sabia o que escolher.

— Em que você está pensando, Gilberto?

— Desculpe, d. Teresinha, eu estava longe...

Em que eu pensava? Não sei... no Kennedy, em mim... e enquanto tentava responder me veio à mente o garoto que eu era quando tinha a idade do Kennedy. Teve um dia...

— Me conte.

— Teve um dia em que meu pai alugou um catamarã em Santos. Nós remamos mar adentro, até o farol do Canal 6.

D. Teresinha parecia atenta. Imaginei que, para suportar a

dor, quisesse se afastar um pouco da realidade que a rodeava, talvez com a esperança vã e inconsciente de que, nesse lapso de ausência, a história recuasse no tempo e mudasse seu curso.

Continuei.

Foi nas férias do verão de 67. Chegamos ao farol fazendo zigue-zague porque eu não tinha noção do tempo da remada. Contornamos a construção. Por trás tem uma escada externa de concreto que fica no nível da água. Eu queria subir. Meu pai disse que permaneceria no barco, senão a correnteza poderia levá-lo. Enquanto eu vencia os primeiros degraus, escorregadios devido ao acúmulo de limo, ele deu a volta e posicionou o barco em frente ao farol.

A escada leva a uma pequena plataforma de onde costumam saltar os meninos maiores, que chegam lá nadando. Lá em cima, com o corpo molhado, senti a brisa bater com mais força. Olhei para baixo e meu pai, observado daquela altura, parecia menor do que eu teria imaginado. Ergui a cabeça e, na linha do horizonte, distingui a cidade, a silhueta dos prédios, as formiguinhas e seus guarda-sóis na praia.

O tempo começava a virar e meu pai disse que era melhor voltarmos. Que eu pulasse de uma vez! Não havia ondas, mas o movimento da maré balançava o barco e fazia a água bater nas paredes do farol. O barulho repetitivo sugeria um gigante engolindo uma presa. Senti medo. Um medo imobilizador.

De cócoras, tremendo, buscava no paredão liso uma segurança impossível. Tive medo de pular. De escorregar e de cair no mar rente ao farol, onde devia haver pedras. De voltar e enfrentar de novo o limo nos degraus. Tive medo de tudo. Da altura. Do vento. Do barulho do mar.

Meu pai percebeu a situação. Ficou de pé, acho que para se aproximar de mim e não precisar gritar. Soltou os remos e, abrindo as pernas para se equilibrar, colocou as mãos em formato de concha na boca. Com tranquilidade, ponderou que se ele subisse para me buscar perderíamos o barco.

E sabe o que isso significa?, perguntou. Sem esperar pela minha resposta, emendou:

— Que vamos ter que pagar pelo barco!

Exagerei na personificação cômica do meu pai para tentar aliviar um pouco a angústia da d. Teresinha. Ela movimentou os lábios num arremedo de sorriso.

Talvez não tenha sido um sorriso muito diferente do que dei ao meu pai. Claro que eu sabia que se o barco fosse levado pelo mar teríamos que nadar meio quilômetro até a praia. Seria a opção mais temerária, para mim e para ele, que precisaria me ajudar. Eu não tinha a calma, a técnica e o preparo físico adequado para fazer a travessia.

— Giba, você é que me diz: o que vamos fazer? Qual é a coisa certa a fazer?

Hesitei uns instantes e acabei respondendo com uma pergunta:

— Pular?

— Então…

Então eu levantei e, tateante, me aproximei da borda. Para garantir maior empuxo, dobrei os dedos dos pés, firmando-os na beira da plataforma. Dei um impulso com os braços sem olhar para baixo, e estatelei a barriga contra a superfície.

A dor física não foi nada se comparada à sensação boa de ter enfrentado o medo. De ter feito o que precisava ser feito. Estava ardido e apaziguado.

D. Teresinha levantou a cabeça e me encarou de novo, acho que agradecida por eu ter tentado distraí-la.

—Você tem muita coragem, meu filho.

Vi em sua expressão lacrimosa uma ponta de admiração por mim, o que só aumentou o meu mal-estar. Eu também não desgostava daquele menino franzino e valente de cinco, seis anos atrás.

O que eu fiz dele? Em que transformei sua essência?

A mãe voltou a velar o filho marmóreo e, dessa vez sem me olhar, como quem quer encerrar o assunto, repetiu:

—Você tem muita coragem.

— Eu tinha, d. Teresinha. Eu tinha.

De joelhos, para ficar na mesma altura daquela Pietà preta e pobre, me calei. E soube, à medida que os segundos passavam em silêncio, que eu tinha feito a minha escolha moral.

Entre a justiça e a conveniência pessoal, marquei um X vermelho, enorme e ignóbil na segunda alternativa.

Leila me abraçou por trás. Como eu estava agachado, ela se apoiou sobre as minhas costas. Sentada sobre os calcanhares, abriu as pernas e as apertou contra a minha cintura. Com o braço esquerdo em meu ombro, deixou a mão pendurada, quase roçando meu tórax. O outro braço me envolveu por baixo e eu senti, sobre a camiseta encharcada, seus dedos me tocarem o abdômen. Nessa posição, ela ficou cara a cara com d. Teresinha. Perguntou pelo menino, colocou-se à disposição para ajudar no que fosse preciso e lhe estendeu a mão solidária que antes eu sentia como se me acariciasse. Por um tempo que poderia se perpetuar, as duas continuaram de mãos dadas, eu e o Kennedy imobilizados entre elas. Leila dizia algo sobre a importância de ter força nessa hora, mas confesso que não prestava atenção nas palavras. Com o queixo apoiado em meu ombro, ela falava como se cochichasse no meu ouvido, e eu sentia no rosto seu hálito quente. Se estivesse declamando a letra do Hino Nacional, que ouvíamos à distância tocando no rádio, o efeito de sua voz não seria menos perturbador.

Imaginei que Leila também quisesse me consolar. Talvez, entre todos os que acorreram ao pátio, eu parecesse o mais devastado. Segurei a sua mão pendente e ela entrelaçou nossos dedos. Sem dizer nada, me abraçou com mais força. Deve ter sido um abraço amigo, com a intenção de me oferecer algum conforto, mas não pude evitar um arrepio totalmente impróprio para o momento quando seus peitos se comprimiram contra o meu corpo.

Leila se desgrudou de mim de repente, assustada com o grito do funcionário que cobria a folga semanal do seu Januário. Gesticulando da portaria com o telefone na mão, ele informava aos berros que o pronto-socorro do Santa Rita

75

estava lotado. O hospital ficava a três quarteirões do prédio e era a opção mais rápida e óbvia. Kennedy estava sem atendimento havia meia hora. No tumulto, os adultos não tinham conseguido providenciar a remoção do menino.

Caminhei em direção ao telefone ainda sem saber exatamente o que iria fazer. Ligaria para o Oswaldo Cruz, sim. Sabia o número de cor. Mas não sabia com quem falar quando comecei a discar. Resolvi chamar o dr. Danilo, que cuidava do meu pai. Por sorte, ele foi logo localizado e eu, gaguejando e atropelando as palavras, disse que ele precisava me ajudar porque era um caso de vida ou morte.

A ambulância e a internação não dependiam dele, mas eu podia ficar tranquilo, ele disse, porque enquanto falávamos ele estava acionando o pronto-socorro pelo ramal interno, e tinha certeza de que logo uma equipe do hospital chegaria ao prédio. Antes de desligar, pediu que eu chamasse um adulto a quem pudesse transmitir as instruções de emergência. Depois de passar para o seu Adriano, voltei ao pátio e, ao lado da Leila, anunciei, como se tivesse um megafone no lugar da boca, que o resgate estava a caminho.

Entre alguns vivas aliviados, o assassino invisível, o regicida solerte, o pastor mofino assumia docemente constrangido o papel de herói da noite. Mas não tive tempo ou disposição para refletir mais. Enquanto era cumprimentado com tapinhas camaradas, Leila me abraçou de novo. E foi um abraço colado demais para ser fraterno, eu achei.

Antes de a ambulância chegar, decidi passar na casa do Figura. Não acreditava que ele tivesse viajado. Queria falar com ele. Saber por que agia de maneira a atrair as suspeitas por um crime que não tinha cometido.

Queria, talvez de maneira inconsciente, que me perguntasse como eu podia ter tanta certeza de que ele não tinha cometido o crime. Seria mais uma chance — a última! — de eu contar a verdade, sofrer as consequências e reencontrar dentro de mim o moleque batuta daquele verão em Santos.

"Moleque batuta"... Esse é o meu pai falando. Na sua escala de avaliação, batuta tinha o peso de um dez com louvor. Naquele dia, ao voltarmos da aventura, enquanto remava de costas para a praia, fingindo confiar no meu senso de direção, ele disse que eu tinha sido batuta.

Passei em casa para pegar um disco. Pretendia usá-lo como pretexto para entrar na casa do Figura. Toquei a campainha do 102 e aguardei com o *Transa*, do Caetano, nas mãos. Toquei de novo. Insisti. Estava desistindo quando sua mãe girou a maçaneta. Eu devia ter ficado muito próximo da porta, fora do campo de visão do olho mágico, e ela só abriu ao me ver dar meia-volta.

Disse a ela que queria deixar o disco com o meu amigo. Tinha prometido. Sim, d. Verônica, ouvi dizer que ele não estava. Para onde tinha ido? Para o interior? Ah, uma fazenda do tio? Sei... O.k., só queria deixar o disco e pegar outro no quarto dele, como o combinado, se a senhora não se importasse.

Ela veio andando atrás de mim.

As gavetas estavam abertas e desfalcadas, como se ele tivesse jogado as roupas numa mala e partido às pressas. Comecei a achar que tinha acontecido isso mesmo. O Figura não estaria escondido no apartamento esperando eu ir embora. Não era seu estilo. E, de qualquer maneira, se estivesse, por que faria isso? Pensando bem, não teria sido difícil deixar o prédio sem que ninguém percebesse. Ele podia ter saído pela portaria de serviço ou no carro do pai, enquanto estávamos atordoados no pátio.

Ao colocar o disco sobre a escrivaninha, vi uns papéis soltos com anotações. Trouxe-os para perto dos olhos, para poder ler sem os óculos. Na folha de cima, estava escrito com esferográfica azul: *There is no dark side of the moon really. Matter of fact it's all dark.*

Essas palavras, quase inaudíveis, são ditas no final do disco, como se tivessem sido incluídas por descuido do produtor. Tínhamos ficado intrigados. Figura, que sabia mais inglês, ficara de decifrá-las e traduzi-las. Na primeira tentativa, escreveu: "Não há lado escuro da lua realmente. Na verdade, é tudo escuro". Depois decidiu eliminar o advérbio, decerto porque o achou dispensável: "Não há lado escuro da lua. Na verdade, é tudo escuro". Sublinhou essa versão, que parecia um título para o que viria a seguir.

Expliquei à d. Verônica que os papéis eram sobre um disco que estávamos ouvindo, e perguntei se podia guardá-los comigo. Ela deu de ombros. Dobrei-os em quatro e enfiei no mesmo bolso em que guardava outros papéis. Para dar credibilidade à minha história de troca de disco, coloquei embaixo do braço o primeiro da pilha: *Acabou chorare*, dos Novos Baianos.

★

Quando desci de novo, o pátio já estava vazio. Passei os olhos pelo piso molhado e notei que alguém devia ter levado o Cejas. O porteiro me disse que a ambulância tinha acabado de passar. Eram oito horas. Calculei que daria tempo de visitar o Kennedy antes de ir para o quarto do meu pai.

Tinha parado de chover e eu saí caminhando pela Domingos de Moraes em direção ao hospital. Cruzei o viaduto Santa Generosa sobre a Vinte e Três de Maio, peguei a Bernardino de Campos e virei à direita na praça Oswaldo Cruz — o meu caminho dos últimos sábados à noite.

Na sala de espera encontrei amigos e vizinhos que aguardavam notícias. O seu Januário, que tinha passado o dia fora comprando material de construção, amparava d. Teresinha. O seu Adriano conversava com um grupo de moradores. O Amaral, tio do Figura, sei lá por quê, tinha a companhia de Jurandir, da oficina da Cubatão. Da turma, estavam de pé num canto da sala o Zigoto, o Cabaço, o Nirvana e o China. Sozinha numa das cadeiras, Leila suspirava olhando para o teto com o Fernando Sabino no colo.

A TV estava ligada. Às oito e meia, o presidente Médici começou um discurso em cadeia nacional.

Penetra a consciência do país, de modo cada vez mais vivo e mais profundo, o transcendente sentido histórico do pronunciamento revolucionário pelo qual a vontade política da Nação resolveu lançar-se, com autoridade e firmeza, mediante novos

79

métodos e processos de governo, à reconstrução econômica, financeira, social e política do Brasil.

Não entendi nada do que ele dizia e, disfarçando um bocejo, deixei de prestar atenção. Um homem que eu não conhecia pediu na recepção para desligarem o aparelho. Não ficou claro se era um protesto velado contra o general. Pelo tom, ele não parecia festejar o "nono aniversário da revolução", como dissera o locutor. Mas também podia ser que quisesse apenas poupar da maçada política os pacientes que aguardavam para ser atendidos.

Sem esperar pela reação da atendente, Amaral levantou, deu alguns passos vigorosos até a frente da sala e, em vez de desligar a TV, aumentou o som e encarou de maneira ostensiva o homem que não queria ouvir o discurso.

Ninguém reclamou.

Em pé, Amaral meneou a cabeça várias vezes em aprovação ao que Médici falava. Comentou em voz alta não entender como alguém podia ser contra um regime que tinha o objetivo de melhorar a qualidade de vida do povo. Pois não era exatamente isso o que o nosso presidente Médici estava dizendo?

Terminado o discurso, sentou de novo ao lado do Jurandir. Eu estava na fileira de trás. Havia escolhido o lugar porque assim ficaria longe da Leila. Queria respeitar sua vontade aparente de ficar só.

Sem ter nada para fazer, comecei a ouvir a conversa dos dois. Eles mal registraram minha presença, eu era só um guri míope, cabeludo e alienado. O fato de falarem baixo — quase sussurravam — só aumentou minha curiosidade. Amaral dizia já ter resolvido tudo, mas o Jurandir ainda precisava lhe fazer um favor. Discretamente entregou a ele um envelope pardo. Bastaria passar ainda naquela noite neste endereço aqui, disse, apontando com o indicador onde estava escrito "rua Tutoia, 921".

—Você sabe onde é.

— Sei.

Jurandir colocou o envelope na cadeira ao lado. No alto estava escrito em letras grandes o nome do destinatário: "A/C delegado Aparecido". Sem óculos, no entanto, eu não conseguia ler o que vinha depois do nome. Me abaixei, como se quisesse pegar algo no chão, e fiquei a um palmo da encomenda. Li o seguinte: "Destacamento de Operações de Informações — Centro de Operações de Defesa Interna do II Exército — DOI-Codi". Achei estranha a repetição da palavra "operações". Olhei de novo. Não tinha dúvida, era isso mesmo.

Jurandir pegou de novo o envelope e, antes de levantar, quis checar o conteúdo. Inclinou o papel e, lá de dentro, deslizou sobre a mão encardida de graxa um saco de plástico transparente onde, para a minha mais completa e total surpresa, jazia o meu Cejas todo estropiado!!

O que significava aquilo?!

Por um momento, fiquei sem entender nada. Como o meu goleiro tinha ido parar nas mãos do tio do Figura? O que estaria fazendo lá? Que interesse ele tinha? O que o Jurandir tinha a ver com isso? Por que o Amaral tinha tanta urgência em entregar o envelope ao delegado?

De repente, uni os pontos e o desenho pavoroso emergiu em toda a sua nitidez: ele tinha descoberto tudo e, para demonstrar a inocência do sobrinho que com certeza seria acusado, estava mandando a prova do crime para a polícia. Só podia ser isso! O Cejas estava coberto com as minhas digitais, claro. E o Jurandir, que tinha derretido o chumbo dentro da caixa de fósforos, iria reforçar a denúncia. Eu estava perdido.

Me vi, já com algemas, lançar um olhar cabisbaixo à Leila antes de sair do hospital escoltado por policiais.

De pé e tendo já se despedido, Jurandir não se afastava do Amaral.

— Mais alguma coisa, seu Amaral?
— O quê? Ah, *isso*? Depois a gente vê, o.k.? Por enquanto pega isso aqui para o táxi.
— E o delegado? É gente fina? Posso confiar?
— Olha o que você está falando, Jura! Ele é meu irmão. Está sabendo de tudo, entende? Já fez o B.O., só falta o envelope aí.
— E ele vai estar lá, não vai?
— Claro que sim. A não ser que você demore mais. Ele não trabalha lá, entende? Lá é só gente que é assim com figurão. Mas assim, ó. Gente que conhece político, conhece empresário, entende? O Cido aparece sempre lá, faz um servicinho e vai embora para a delegacia dele. Mas não dá para entregar isto aqui no trabalho dele, entende? Você quer ferrar o Paulinho, Jura? Então não demora. Tchau!

Amaral era um dos poucos que chamavam o Figura de Paulinho. Depois do cuidado inicial, passou a falar alto, como se tivesse bebido. Foi uma conversa cifrada, mas não era difícil adivinhar que ele armava alguma coisa à margem da lei. Mesmo assim, não parecia preocupado se outros estivessem ouvindo o que falava. Dava a impressão de contar com a impunidade certa.

Será que ele se achava invisível?

Depois do susto, preferi pensar que eu não era o alvo do plano do Amaral. Afinal, estava ali ao lado o tempo todo e ele tinha me ignorado. Não sabia nada ao certo, mas intuí que ele agiria de outra forma se imaginasse que eu era o culpado. Além disso, o Cejas passara por mil mãos e devia ter milhões de digitais.

Jurandir mal ganhara a rua quando um plantonista entrou na sala e perguntou pelos pais do Kennedy. Seu Januário e d. Teresinha pularam da cadeira e o pessoal do prédio se aglomerou em torno deles. Com aquela linguagem médica calibrada para não alarmar sem necessidade nem dar falsas esperanças, ele disse que devíamos ter paciência e aguardar o resultado da análise das chapas. O menino passaria a noite em observação, sem visitas, e o melhor a fazer, disse, era voltar no domingo de manhã.

D. Teresinha, que até então não se permitira extravasar a aflição, desabou na cadeira, deixando transbordar toda a angústia acumulada em três horas de sofrimento intenso e contido. Chorou com o desespero das mães que veem a vida desvanecer no olhar desamparado de suas crianças. Chorou até lhe faltar o ar. E então, sem forças, permaneceu ofegante por um tempo, os olhos arregalados e as mãos no peito sufocado, inspirando com a boca golfadas difíceis e demoradas que produziam um ronco feio, áspero, cavernoso, como a respiração agônica de um moribundo.

Quando conseguiu articular palavras, buscou lembranças do filho, mas as frases eram desconexas. Passou a repetir que era ela, e só ela, a responsável pelo destino trágico do filho. Deveria ter dado ouvidos à madrinha que a aconselhara a não batizar o menino com o nome de um homem que tinha acabado de ser assassinado. Não seria mau augúrio? Mas, ah, ela insistiu, ela insistiu. O presidente americano parecia um homem tão bom... Devia ser mesmo, bom e risonho como o meu Kennedy. Mas foi assassinado mesmo assim. Como o meu Kennedy! Alvejado com chumbo na cabeça. Meu Deus! E ele ainda não tem dez anos! Ele ainda não tem dez anos!

D. Teresinha continuou falando mais um pouco, cada vez mais baixo, mais enrolado, até seu corpo sucumbir aos efeitos de um sedativo que tomara sem saber. Ela mergulhou num sono agitado, provavelmente ainda perseguida por seus antigos fantasmas.

O grupo do Joelma voltou para casa, menos a Leila, que ficou fazendo companhia ao seu Januário. Deixei os três na sala de espera e, com a alma pingando de culpa e amargura, me preparei para assumir o turno da noite como acompanhante do meu pai.

Cheguei ao quarto pouco depois das dez. A TV estava ligada. Minha mãe me aguardava em pé, pronta para sair. Desde que meu pai voltara ao hospital, ela fazia questão de ficar o tempo todo ao lado dele. Praticamente tinha se mudado para lá. Passava em casa só para uma refeição rápida que a Irene deixava pronta, ou para levar e trazer roupas numa pequena valise.

A rotina sacrificada começava a lhe cobrar um preço alto. Parecia ter envelhecido alguns anos em poucos meses, e não só porque deixou de tingir o cabelo. Eu lhe daria uns dez anos a mais do que os cinquenta que ela tinha. Já o meu pai, apesar da doença, ainda parecia ter um pouco menos do que seus setenta e cinco. Só sabia que a diferença de idade entre eles, que antes chamava atenção, era menos perceptível.

A partir de abril eu pretendia ir mais vezes ao hospital e visitar meu pai durante algumas tardes, para que minha mãe não precisasse ficar confinada naquele quarto o dia todo. Esse era o nosso plano, dela e meu, quando decidimos que eu mudaria de colégio. Mas não sei se ela iria abrir mão de lhe fazer companhia permanente.

Sexta tinha sido meu último dia no São Luís e na segunda eu começaria no Objetivo, a poucos quarteirões do hospital. Dava para ir a pé pela Paulista, quinze minutos. Para mim, a troca veio a calhar. Tinha repetido o primeiro ano, e não queria encarar de novo os mesmos professores e colegas. E havia um motivo não mencionado: a Leila, também repetente, estudava lá desde o começo do ano.

Antes de sair, minha mãe reforçou as orientações para a

noite. Chamar as enfermeiras em caso de dúvida, mesmo a menor que fosse, elas estavam lá para isso. Telefonar para ela se precisasse, mesmo de madrugada. Checar de vez em quando o oxigênio, o tubo continuava escapando. E anotar qualquer coisa diferente que acontecesse à noite com meu pai; era importante que os médicos ficassem a par de tudo. Aliás, por falar em anotar, o que tinha acontecido com meus óculos?

Eu disse para ela não se preocupar com os óculos, eu não era tão míope assim. De resto, já sabia tudo aquilo. Nos últimos sábados tinha sido a mesma coisa. Só ouvi calado para ela não se irritar.

Desliguei a TV e olhei para ele. Continuava deitado de costas, com as sondas passando sobre o tórax.

Resolvi escrever, como no sábado anterior. Nos três primeiros sábados, não fizera nada e, sem conseguir dormir, acabei me aborrecendo no meio da madrugada. Da vez passada, escrever durante a noite me manteve com a cabeça ocupada.

Para registrar os horários das anotações, peguei no móvel ao lado da cama seu relógio digital de pulso. Quando ele comprou, pouca gente tinha. Acho que trouxe de uma viagem aos Estados Unidos.

Abri a gaveta. O bloco de papel tinha acabado. Eu precisava de papel. Pus a mão no bolso da calça e despejei no colo o que tirei de lá: três notas de dez cruzeiros, várias folhas de caderno com as elucubrações do Figura sobre o lado escuro da lua, e as folhinhas com as minhas anotações do sábado passado.

Figura tinha usado só a frente das folhas. Não era o ideal, mas resolvi que faria minhas anotações no verso. Estava interessado em saber o que ele escrevera, mas tinha a noite inteira pela frente.

Decidi reler meu "relatório" do último sábado.

Sábado, 24 de março de 1973

23h45: Vou passar a noite com você, pai. Tomarei notas, como as enfermeiras. Sei que amanhã cedo a mamãe vai me perguntar tudo o que aconteceu e não aconteceu. Vou cansar, eu sei. Mas você também está cansado.

23h47: Sua respiração está muito lenta. Não consegui cronometrar, mas são muitos segundos entre uma e outra. Às vezes parece que você para de respirar; eu tomo um susto.

23h50: Chamei a enfermeira. Ela disse que é apneia e que é normal no seu caso.

23h52: Acho que nunca ninguém lerá isto aqui. Tanto melhor, posso escrever com toda a liberdade! Aproveito também para registrar uns pensamentos, buscar algumas lembranças.

23h58: Pai, você está dormindo profundamente. É o Fenergan que te deram na veia. Sua boca está aberta, chupada para dentro. Me lembra os desenhos que aquele artista fez da mãe morrendo. Você sabe de quem tô falando. Ele desenhou porque não podia fazer mais nada. Eu também não posso fazer nada, a não ser escrever. Será que isto aqui será o meu esboço dos seus últimos dias?

00h18: Você estava muito agitado meia hora atrás. Acordou em

87

meio a sobressaltos, com alucinações. A mamãe me disse que você vê uns bichos. É verdade? Pode ser, você tenta afastar com as mãos alguma coisa na sua frente que pra mim é invisível.

00h23: Seu braço direito está bem machucado, tem um hematoma enorme na junção do braço com o antebraço. E tem um cateter lá. É por aí que você recebe o soro e o antibiótico.

00h25: O soro está deixando sua mão inchada. Hoje à tarde a mamãe lembrou de tirar sua aliança. Foi difícil. Ela disse que a enfermeira teve que passar um óleo no dedo. Ainda bem que ela lembrou. Senão seu dedo ia estrangular.

00h30: Que bichos você vê, pai? Queria saber como são. Mas o remédio que você tomou agora deve cortar essas alucinações — logo mais os bichos estarão presos.

00h36: O dr. Danilo me disse que você pode até sentir um bem-estar por conta da morfina. A dose é bem pequena, mas faz efeito. Que bom que a morfina existe.

00h44: No seu pulso direito tem uma faixa que te prende na beirada da cama. É para restringir os movimentos mais bruscos. Não gosto de te ver preso, mas não seria nada bom se você arrancasse a agulha do outro braço sem querer.

00h55: Passa da meia-noite. Já é dia 25. Hoje faz quase um mês que você está aqui. Você veio de ambulância, lembra? Acho que foi a primeira vez que você andou de ambulância como paciente.

1h25: Desde que ficamos sozinhos eu ainda não te disse uma palavra. O silêncio é entrecortado pela sua respiração difícil. Mas o silêncio não é um bicho estranho para nós, né? Podíamos ter conversado mais. Mas hoje está bom assim.

1h40: O seu corpo luta para viver. Mais alguns dias? Semanas? Por que nos agarramos tanto à vida? Só pode ser porque esta vida é a única certeza. Você me conhece, pai, virei um ateu sem convicção, um agnóstico. Quando morremos, acabamos. Sobrevivemos só na memória de quem fica. Vai ver que é por isso que estou escrevendo. Um dia vai me ajudar a preservar a memória que terei de você. Depois, bem depois, seremos todos esquecidos, claro. Não digo isso com nenhum tipo de angústia existencial — é só uma constatação.

1h55: Por que pensei nisso? Acho que foi porque esta semana encontrei o padre João. Ele passou no hospital na quinta à tarde, quando eu fazia uma visitinha rápida ao meu pai, depois do colégio. Ele é muito conservador, sempre de batina preta. É falante, simpático, gostei de revê-lo. Eu o conheço desde os tempos do catecismo. Sei que meu pai gosta dele. Ele entrou no quarto para dar a extrema-unção, a pedido da minha mãe. Esperei do lado de fora. Isso por respeito à religião, já que não tenho fé. Meu pai nunca foi muito religioso. Não sei exatamente em que acredita, mas acho que não é nada muito ortodoxo. Sei que, no fim da vida, Deus ocupou algum lugar em seu coração. Será que eu terei a mesma trajetória? Arrisco uma resposta: não.

2h15: Pego na sua mão, pai. Está fria. Ou é a minha que está quente de escrever?

2h17: Reparo em seu rosto. Tem vincos fundos. Mas você não tem rugas na testa. É uma testa alta, inteligente, as duas entradas ainda são charmosas, apesar do cabelo branco, ralo e despenteado. Não é uma testa de alguém com 75 anos.

2h30: *Vou dormir um pouco. Sei que você não vai me chamar, pai, mas qualquer coisa estou por aqui.*
6h30: *Acordo com o dr. Danilo batendo na porta do quarto. Rotina. A pressão está oito por quatro, muito baixa, mas dentro do esperado. Ritmo cardíaco, sessenta por minuto, o.k.*
6h35: *O dr. Danilo comenta que meu pai não aguentaria as sessões de hemodiálise necessárias. Precisaria se recuperar antes, mas o coração fraco não estava ajudando.*
6h50: *Esta pode ter sido a última noite que passamos juntos. Penso nisso com tristeza, mas sem chorar. Chorei tudo nos últimos dias.*
6h55: *O enfermeiro molhou seu cabelo e o penteou para trás. Não ficou nada mau.*

Depois de ler as folhas, dobrei-as e guardei no bolso de novo. Mais tarde, pensei na hora, veria o destino que daria a elas.

Quando comecei a escrever este relato, três meses mais tarde, acabei reproduzindo essas anotações do jeito que saíram naquela noite. Pensei em mexer aqui e ali, talvez uniformizar o destinatário, porque em geral me dirijo ao meu pai, mas também falo comigo mesmo ou para uma terceira pessoa. Mas, não sei se para preservar a autenticidade ou por preguiça, resolvi deixar como estava.

Meu pai parecia sereno. Sentado ao seu lado, absorvi um pouco daquela placidez, uma sensação improvável depois de um dia tão absurdo que cheguei a duvidar que tivesse sido real.

Reconstituí a sequência dos eventos na minha cabeça, e não fui capaz de identificar a origem do impulso que me levou a atirar aquele pedaço de chumbo pela janela. Revivi, com vergonha, o momento em que emudeci, permitindo que as suspeitas recaíssem sobre meu amigo. O que eu faria? O que *deveria* fazer? Lancei um olhar indagador e inútil ao velho.

Um frio repentino me percorreu o corpo, como se um líquido saído do frigobar em que eu apoiava os pés tivesse sido injetado nas veias. Logo, tremores esparsos denunciaram que, atrás da apatia, se escondia um moleque tão apavorado quanto aquele que, encolhido sobre o farol ameaçador, relutava em saltar.

A diferença era que agora meu pai não estava mais de braços abertos para mim.

Chacoalhei a cabeça para espantar tal pensamento e apanhei as folhas que encontrara no quarto do Figura. Precisava me concentrar em outra coisa para desfazer a espiral de temor que eu começava a construir.

As frases pareciam copiadas de uma enciclopédia ou revista científica. Ele encheu linhas e mais linhas sobre a Lua: as teorias sobre sua origem, a distância em relação à Terra, a pouca gravidade, a atmosfera desprezível, as enormes diferenças de temperatura, a influência sobre as marés, a cor acinzentada da areia, o solo alaranjado, as rochas, as montanhas, as crateras, os movimentos de rotação, revolução e translação. Tudo anotado em letra miúda, com muitas rasuras, desenhos, diagramas.

O apego aos detalhes era típico do Figura. Quanto mais

distantes do ponto relevante, mais pareciam despertar seu interesse. Certa vez o Zigoto comentou que não lhe perguntava as horas porque antes de responder ele explicaria o mecanismo do relógio. Acho que foi uma das poucas vezes que rimos com o Zigoto.

Depois de folhear as primeiras páginas sem me deter em nenhuma informação em particular, fui surpreendido com um bilhete dirigido a mim que ocupava as três últimas páginas e começava assim: "Giges, seu panaca".

Me ajeitei na cadeira, aproximei os papéis do rosto e, entre curioso e ressabiado, comecei a ler:

Não fiquei grilado de não ter ido ouvir de novo o Pink Floyd na sua casa. Quer dizer, na hora fiquei, mas agora não estou mais. Não esquenta.

Ia aproveitar pra te falar das minhas pesquisas lunáticas, mas, já que não deu, aqui vai uma pala por escrito. É até melhor que seja assim, porque tem algumas complicações, você vai ver.

Bom, não sei se complicado é a palavra, mas a questão é que no mundo da lua muita coisa é relativa. Até coisas simples.

Por exemplo: qual é a lua crescente? Você vai dizer: fácil, é aquela que tem a forma de um C — de crescente, claro! Muito bem, Giges! Vejo que você não matou a aula daquela professorinha que fazia um C com a mão esquerda e a colocava do lado da lua desenhada no quadro negro, pra gente nunca mais esquecer.

Só que não! Quando alguém te perguntar de novo sobre a forma da lua crescente, responda: "Depende".

Depende do hemisfério em que o observador estiver. Se estiver em São Paulo, está certo, é um C. Mas se estiver em Londres é o contrário: lá, a lua em forma de C é a minguante. E vice-versa: a lua em D, que aqui é minguante, lá é crescente. Aprendi isso deitado no Hyde Park olhando o céu à noite com uma loirinha londrina que tava na minha — acredite se quiser.

Mas voltando à lua: a questão é que, para quem está no hemisfério Sul, a lua passa no céu no sentido horário; e, para quem está no hemisfério Norte, ela passa no sentido anti-horário. Aposto que você não sabia. Sacou agora?

Estou falando tudo isso pra você ver como as coisas são relativas. Pegue aquela frase no final do Dark Side: "Não há lado escuro da lua. Na verdade, é tudo escuro".

Certo ou errado?

Mais uma vez: depende.

Está certo, se você considerar que a lua não tem luz própria e apenas reflete a luz do sol. Mas também está errado, já que a lua gira sobre seu eixo e, portanto, fica totalmente exposta ao sol.

Tudo depende de como você quiser enxergar e do seu estado de espírito. Se você estiver triste, ela é toda escura. Se você estiver feliz, ela é toda iluminada.

Acho que o Pink Floyd quis ver a coisa pelo lado sombrio. Aliás, se você prestar atenção na letra, vai ver que é sobre o homem, e não sobre a lua. O que eles fizeram, claro, foi uma comparação com o lado escuro do homem, que é tão desconhecido quanto o lado oculto da lua.

Por falar nisso, você viu outro dia aquele cientista que, comentando o disco, disse que o "lado invisível a partir da Terra" seria mais preciso que "lado escuro"? Não vou discutir, mas pergunto:

e onde ele jogou a poesia? É por essas e outras que todo mundo sabe quem é Roger Waters e ignora o nome do cientista.

Mas, Giges, não vá você pensar que a minha pesquisa lunática passou por cima da astronomia. Ao contrário. No ano passado, aprendi pacas sobre a lua. Meu interesse começou por causa do Pink Floyd, em fevereiro, e terminou com a Apollo 17, em dezembro. Quer dizer, terminou não, você entendeu. Periga até eu querer estudar astronomia de verdade na faculdade.

Você acha que eu falo demais, eu sei, e agora vou ser breve só pra te contrariar. Brincadeira. Mas, sério, sabe uma coisa da lua que eu achei das mais sensacionais? É a explicação da origem do lado oculto. Não lembro de terem me dito isso na escola, ou então eu faltei nessa aula.

Veja se não é incrível. Parto de uma dúvida comum: se a lua faz um movimento de rotação em torno do próprio eixo, então por que um lado fica sempre invisível? Pela lógica, se ela gira, não deveríamos ver os dois lados?

A resposta está na sincronização perfeita entre esse movimento de rotação, que é muito, muito lento, com o movimento em volta da Terra. Os dois têm exatamente a mesma duração (e para matar sua curiosidade digo que é de 27 dias, 43 minutos e 11 segundos).

Aí é quando entraria o Fariseu: "Putz grila, que coincidência!".

Não, não é coincidência. Preste atenção, leia devagar. A sincronização resulta do efeito da enorme atração gravitacional da Terra. Como você sabe, ou vai ficar sabendo agora, a força de gravidade exercida por um planeta sobre um objeto em sua órbita é maior na

parte do objeto com mais massa. Ora, um dos lados da lua, para a nossa sorte o mais bonito, tem mais massa que o outro — e é por isso que esse lado fica sempre voltado para a Terra.
E sabe no que eu pensei? Na noite da lua. Com aquela rotação devagar quase parando, a noite da lua dura duas semanas. Duas semanas! Se você imaginar, é escuridão suficiente para abrigar todos os nossos demônios. Ou não?
Bom, Giges, são quase sete horas. Chega de escrever, o resto te conto depois. Vou sair por aí — porque hoje é sábado!

    Coloquei as folhas de lado e fiquei pensando onde o Figura estaria naquela hora. Numa estrada do interior? Já teria chegado à tal fazenda?

    Se ele estivesse planejando viajar, certamente teria dito alguma coisa no bilhete. E aquele não era um bilhete de despedida! Pelo jeito, ele devia ter escrito isso horas antes, enquanto eu ouvia o Pink Floyd. Se ele acabou de escrever quase às sete, como disse, então foi um pouco antes do... um pouco antes da queda do Cejas. Provavelmente ele deixaria as folhas embaixo da minha porta, como fizera outras vezes. Mas, por algum motivo que desconheço, não teve tempo.

    O bilhete reforçou minha impressão de que a história do Amaral estava mal contada. O tio do Figura agia de maneira muito estranha. Primeiro aquela cena toda no pátio. Depois a informação sem pé nem cabeça sobre a viagem inesperada do sobrinho. E por último aquela conversa suspeita com o Jurandir.

    Ele tramava algo. Eu só não sabia o quê.

Mas estava ficando tarde e eu queria começar logo meu relatório. Peguei as folhas de novo e anotei no verso das que o Figura não tinha usado:

Sábado, 31 de março de 1973

23h57: Quase meia-noite. Estou sem sono. Também, acordei às duas da tarde. Aproveito para escrever.

00h05: O dr. Danilo, que estava no plantão, passou pouco tempo atrás para a visita da noite. Relatei a respiração ruidosa. Ele acha que não é o caso de aspirar o catarro agora. Pode trazer mais desconforto que benefício. Me explica que a apneia é consequência da morfina. Não há risco de engasgar.

00h08: O dr. Danilo é atencioso, parece um bom médico. Pergunto sobre o Kennedy. Ele não tem notícia. O menino está com outra equipe. Mas, se tiver novidade, me avisará.

00h15: Os médicos devem ter uma consciência aguda, quase uma certeza, da proximidade da própria morte. Lembro que você me preparou para este momento. Pouco antes do Natal, no último dia da sua internação anterior, estávamos num quarto deste hospital, aguardando as burocracias, quando você disse que não viveria mais de seis meses. Isso faz mais de três meses.

00h19: Depois de ler o bilhete do Figura me dei conta de que isso foi no dia 19, bem quando a Apollo 17 chegou de volta à Terra. Você estava fascinado pela aventura. Nunca uma missão tinha ficado tanto tempo na lua: três dias inteiros. Nós comentamos os passeios de jipe dos astronautas, as caminhadas, os tombos. Nesse dia, a lua foi nossa amiga, nos ajudou a atravessar um momento que, pelo menos para mim, foi de pânico.

00h24: Vou ao banheiro mijar. Me passa pela cabeça que meu pai está morrendo porque não consegue mais mijar, não consegue eliminar as toxinas.

00h45: Apesar das explicações que me dão, os longos, longos segundos de apneia me deixam apreensivo. E aí, quando parece que parou de respirar, você puxa o ar com sofreguidão — e a vida continua mais um pouco.

00h53: Disse a meu pai que o amava. Nunca tinha dito isso a ele. Disse agora, sem saber se ele me ouviu. Acho que não ouviu. Mas ele sabe que eu o amo.

Beijei-o poucas vezes depois de adulto. Sem arrependimentos. Se por algum milagre ele levantasse agora, acho que faríamos tudo igual.

Sempre nos abraçamos, isso sim. E também sempre nos demos as mãos demoradamente, com força e carinho.

00h55: Pausa para um gole de Coca. Lembro que meu pai gosta de Coca. Dou uns goles enquanto vejo ele ser hidratado com soro. Pensei em umedecer um pedaço de gaze com Coca e encostar nos seus lábios ressecados. Mas claro que é bobagem. Não vou fazer isso.

00h59: Uma vez, não muito tempo atrás, num momento de muita confusão mental, você teve um lampejo de consciência e me perguntou: "Você está triste?". Eu disse que não. Eu menti.

1h10: Nunca chorei tanto como nas últimas semanas. Chorei tomando banho. Chorei durante o almoço. Chorei abraçado com a minha mãe. Chorei ao telefone. Chorei no banheiro do colégio. Chorei tanto que agora não tenho vontade nenhuma de chorar.

1h27: Mais agitação. Amarrei a faixa também no outro pulso.

1h33: Levantei e apaguei as luzes do quarto. O dr. Danilo me disse que a distinção entre claro e escuro, entre dia e noite, ajuda a combater a alucinação. Agora o quarto só tem um ponto de luz, o suficiente para eu continuar escrevendo.

1h36: Tentei te abraçar, pai. Não dá. Não tenho como passar os braços. Não tem importância. Encostei a cabeça no seu peito, num meio abraço.

1h42: Pai, a sua mão está muito, muito inchada. Bem mais do que no sábado passado. Não é mais a sua mão. Suas mãos eram fortes, másculas, ossudas, morenas. Agora parecem dois pães em que colocaram fermento demais.

1h43: Lembro que hoje à noite, pouco antes de sair do quarto, a mamãe olhou para você e disse: "Descansa, meu querido". Foi meio como se dissesse para você não se preocupar com mais nada, que seria o.k. se você morresse. Olhei para o teto, disfarçadamente, para as lágrimas não escorrerem.

1h48: Um pouco mais de agito. Tento espantar os bichos falando com você.

1h50: Pausa para um lanche. Dei umas mordidas no misto frio, uns goles de Coca. Meu pai não come nem bebe há alguns dias. Só soro.

1h58: Mais agitação. Agora resolvi chamar a enfermagem. Mais uma dose de Fenergan. O remédio fez efeito em menos de cinco minutos. Acho que os bichos voltaram para a jaula de onde nunca deveriam ter saído.

2h03: Lembrei que antes de sair de casa para o hospital, você via TV. Um desenho. Você perguntava se já tínhamos visto aquele "filme". Você parecia confuso. A certa altura, para avaliar seu grau de percepção da realidade, a mamãe, indicando com a cabeça onde eu estava, perguntou: quem é ele?

— É o meu filho querido.

Essa é a sua frase que quero guardar pra mim.

2h10: O último dia que você passou em casa foi um domingo. Pai, como você estava mal! No jantar, não conseguiu levar a colher à boca. Você foi deitar, e eu achei que estivesse morrendo. Na cama, diante da cara que eu devo ter feito, reuniu forças para dizer: "Não se preocupe. Não é hoje. Ainda não é irreversível". Fiquei impressionado com a sua certeza de que a sua hora ainda não tinha chegado.

2h13: Você abriu os olhos, olhou para o teto, para lugar nenhum. Eu disse pra você ficar tranquilo, que eu estava ali do lado. Funcionou.

2h15: Você deu uns suspiros. Será que está sonhando?

2h18: Bateram na porta, mas ninguém entrou, como é de praxe em hospitais. Vou ver.

Era a Leila.

Ela inclinou a cabeça, abanou a mão, abriu um sorriso e deu um "oi" feito criança, todo um gestual estudado para pedir desculpas graciosamente pelo adiantado da hora.

Tinha os longos cabelos desalinhados, a camiseta amarrotada pela chuva e pelos tropeços do dia, o Conga sujo do barro do pátio. Ela estava ainda mais linda do que no dia em que a conheci.

— Entra.

Leila ficou na ponta dos pés e olhou por cima do meu ombro.

— Como ele está?

Voltando o olhar para o meu pai, eu disse que parecia tranquilo naquele momento. Era tudo o que dava para falar sem fazer especulações.

Não havia o que dizer; ela me ofereceu um abraço de conforto, jogando no console ao lado da porta o livro que carregava. Segurou as minhas mãos e as colocou por trás da sua cintura. No contato com a pele das suas costas, senti que seu corpo estava gelado debaixo da camiseta curta, provavelmente por causa do ar-condicionado da recepção. Ela envolveu meus braços pelas laterais, imobilizando-os, e me puxou até colarmos nossos corpos. Por um momento, tudo o que ouvíamos eram nossas respirações.

Ainda abraçados, friccionei seus ombros.

— Esquentou?

Ela confirmou sorrindo e me perguntou:

— E você?

— Hum-hum...

Minhas mãos deslizaram por seus ombros até a nuca. Trouxe-a em minha direção e a beijei no rosto. Foi um beijo carinhoso, demorado, quente — e com um estalo intencionalmente divertido no final que queria dizer "este é um beijo gostoso, mas é um beijo de amigo". Ela riu e fez o mesmo comigo: me lambuzou o rosto e encerrou o ato com um beijo ainda mais barulhento.

Rimos sem pressa. E de repente, quando as risadas cessaram e nos vimos ainda abraçados em silêncio, ela se desvencilhou de mim.

— Lembrei!

— O quê?

Que fora ao quarto do meu pai naquela hora da madrugada para buscar cobertores para os pais do Kennedy. Eles estavam até tremendo, se bem que ela achava que não era só de frio. Ninguém na recepção ajudou. As poucas enfermeiras trabalhavam em esquema de plantão e não podiam sair pelo hospital à procura de cobertores, que, aliás, elas explicaram, deveriam ser usados apenas por pacientes.

Enquanto procurávamos cobertores extras no guarda-roupa do quarto, perguntei pelo Kennedy. Sabia que ela não tinha informação, mas queria demonstrar que estava preocupado. Leila disse que, se não fosse por mim, não sabia o que poderia ter acontecido com o menino. Se ele tem esperança, ela continuou, foi porque eu consegui uma vaga para ele aqui no hospital pelo meu contato com os médicos. Ela estava orgulhosa de mim, e queria que eu soubesse disso.

Eu logo a interrompi:

— Aqui não tem cobertor nenhum.

Chamei a enfermeira do andar, mas ela também não pôde ajudar.

Meu pai continuava tranquilo, ainda sob o efeito do último Fenergan, e achei que não teria problema se eu saísse do quarto por alguns minutos. Avisei a enfermeira que meu pai ficaria sozinho por pouco tempo, enquanto a gente tentava encontrar um cobertor. Ela ficou de dar umas passadas no quarto.

Leila pegou o livro na mesa e, entre macas vazias e cilindros de oxigênio, passeamos de mãos dadas pelos corredores desertos e excessivamente iluminados do Oswaldo Cruz.

No meio do caminho, ela parou no banheiro. Disse que ia fazer xixi e me pediu para segurar o livro. Dei uma folheada no *Encontro marcado*. Era uma edição surrada de 1957, um ano depois que o livro foi publicado, pelo que vi na página de créditos. Ela provavelmente o pegou na biblioteca do pai. Me chamou a atenção a grande quantidade de diálogos. Ela deve gostar de diálogos, pensei. Fui até onde ela deixara dobrada, como marcador, uma embalagem de Sonho de Valsa. Li o primeiro parágrafo da página par:

"*Neusa e sua pele jovem, macia, à mostra na roupa exígua. Saberia o perigo a que se expunha? Por que o procurava com tanta insistência, por que dissimulava?*"

Continuei lendo mais um pouco, até ela abrir a porta.

—Vamos?

E saímos à procura da rouparia. Entramos e saímos de todas as salas que não estavam trancadas, menos naquelas com advertência de perigo de contaminação.

Enfim, achamos uma portinha estreita que dava acesso às prateleiras de madeira onde era guardada a roupa de cama. O quarto, com pé-direito de uns três metros pelo menos, era tão estreito que mais parecia um corredor. Entramos e acendemos a luz. Havia uma lâmpada só, e ela estava meio encoberta por uma das prateleiras, então a iluminação era fraca.

Na parte de baixo estavam os travesseiros. Os lençóis ficavam na altura da cabeça. E os cobertores, talvez porque fossem menos usados nessa época do ano, estavam na última prateleira, perto do teto.

Não sei como as enfermeiras alcançavam os cobertores. Não havia escada ali. Coloquei o pé na primeira prateleira e dei um impulso, mas o compensado vergou com um estalo.

Olhei para a Leila sem saber o que fazer.

Ela teve uma ideia.

— Faz escadinha.

Disse para eu ajoelhar e ficar com uma perna dobrada firme. Obedeci. Tirou o Conga, as meias sujas, úmidas, e trepou em mim, tentando se equilibrar sobre a minha coxa. Seu corpo bambeava e ela soltava gritinhos de excitação. Apoiou uma mão na minha cabeça e com a outra procurou alcançar um cobertor. Mais dois palmos, teria conseguido.

Sem êxito, pulou no chão com um pé de cada lado da minha perna dobrada. E nessa posição, com as pernas entreabertas e o peito arfando pelo esforço, sentou no meu joelho.

— O que você quer fazer, Leila?

Ela me olhou pensativa e, sem sair dessa posição, tirou os pés do chão, ficando suspensa no ar, como se estivesse sentada numa gangorra. Queria que eu sentisse o seu peso.

—Você me aguenta?

—Vamos ver.

Encostei na prateleira para não cair, curvei o corpo e juntei as mãos embaixo, fazendo um estribo para lhe impulsionar a subida. Ela apoiou o pé direito descalço e pediu que eu fechasse bem as mãos em torno dele, com força, assim se sentiria mais segura. Olhei para baixo, para ver se estava fazendo a coisa certa. Seus pés, brancos e delgados, não pareciam saídos de um Conga encardido. Pedi que pisasse mais com os dedos — para ter mais confiança. Ela pisou. Não teve pressa para ajustar bem o pé. Mexeu-o algumas vezes para a frente e para trás, até sentir que estava bem encaixado nas minhas mãos. Apesar do joelho encostado no meu peito, nossos rostos quase se tocavam. Eu sentia o calor de sua respiração. Acho que foi para não quebrar o silêncio hospitalar da madrugada que, antes de dar o empuxo, ela roçou a boca na minha orelha e sussurrou:

— Giba...
— O quê?
— O meu pé está sujo.
— Eu sei, Leila. Não tem importância.
— Você não liga?
— Não... Mas só porque é o seu pé.
— O que tem o meu pé?
— É macio...
— Está úmido...
— Desde aquela chuva?
— O tênis não secou.
— Assim você vai escorregar.
— Se eu escorregar você me segura?

— Seguro. Mas vou te enxugar.
— Não quero perder o encaixe.
— Sobe um pouco o pé. Esfrega na minha camiseta.
— Eu vou te sujar.
— Esfrega...
— Assim?
— Agora vem.
— Cadê seus óculos?
— Ah, eu quebrei...
— Até que você não fica mal sem óculos.
—Você me chamou de Giba?
— Não gosta?
— Gosto.
— Giba. Giba.

Leila sorriu, firmou o pé e se lançou para o alto. Quando levantou as mãos para pegar o cobertor, a camiseta subiu até quase aparecer os peitos, e minha boca tocou sua barriga ofegante e indefesa. Ela baixou uma das mãos e a colocou em cima da minha cabeça. Talvez quisesse apenas um ponto de apoio para se reequilibrar, mas eu quis sentir em seus dedos um afago encorajador, e a beijei sob a camiseta. Leila me puxou pela nuca contra o seu corpo e aos poucos fui deixando-a, descomposta e suada, escorregar apertada em meus braços.

Até que ela interrompeu o movimento, travando a descida com os cotovelos nos meus ombros.

—Volta, Giba! O cobertor...

Com os braços ainda em torno de suas coxas, tornei a reerguê-la. Quase caindo, Leila puxou o último cobertor de qualquer jeito, e a pilha desmoronou sobre nós. Rimos, respirando com dificuldade e exaustos, enquanto, agora sim, ela deslizava até o chão colada em meu corpo.

Beijei-a. Devo ter demonstrado alguma sofreguidão, porque ela separou nossas bocas colocando suavemente um dedo entre elas. E aí ela me beijou de novo, quente e calma, até desistirmos de controlar nossa ansiedade. Pendurada no meu pescoço, jogou o corpo para trás e caímos sobre o improvisado leito de cobertores.

Não sei quanto tempo ficamos ali entre eles.

Mais do que deveríamos. Menos do que gostaríamos.

GILBERTO

— Pode bater com força.

Leila puxou de novo a porta emperrada do Corcel, produzindo um estrondo metálico. Faltavam dez para as sete, estávamos atrasados. Por sorte, encontramos o Agnaldo de saída. Ele ia passar pela Paulista antes de descer a Rebouças a caminho da USP, e nos ofereceu uma carona.

Quando ele engatou a primeira, tive dúvidas se tinha sido uma boa opção ter entrado no carro. Pelo ronco engasgado, o motor parecia em piores condições do que a carroceria branca amassada nas laterais sob um teto de material sintético queimado por anos de exposição ao sol, já com as pontas despregadas e viradas para cima.

Sentei no banco de trás e, por causa do barulho do carro, precisei me debruçar para ouvir a conversa. Agnaldo dizia só ter dinheiro para a gasolina e não confiar nem um pouco no

Jurandir, o único que fazia fiado para os fregueses do prédio. Então "o possante", em sua ironia, teria que aguentar mais um pouco.

O interior não estava em melhor estado. Me acomodei na diagonal devido a um rasgo no assento, tão fundo que dava para ver a ponta de uma mola. Do outro lado, uma mancha suspeita parecia recente. Aqui e ali pequenos furos provocados por pontas de cigarro.

Meu rápido recenseamento só abrangeu os estragos aparentes. Não ficaria surpreso se tivesse um rombo tão grande quanto a toca do coelho da Alice sob os livros espalhados, prestes a sugar um passageiro desavisado.

Um dos livros que estavam por cima tinha uma capa com um fundo vermelho em que se destacava a figura de um guerreiro de boina e bigode encarando a câmera altivo com um fuzil pendurado num dos ombros. O vento abria um pouco seu sobretudo da cintura para baixo e, talvez por esse detalhe, o homem me lembrou um Pequeno Príncipe maduro e revolucionário. Gostei do título, *O profeta armado*, e o anotei num dos muitos folhetos que estavam jogados no piso — talvez mais tarde iria pedir emprestado.

Enquanto escrevia o nome do autor, Isaac alguma coisa, um solavanco me fez esbarrar a cabeça no encosto do banco da frente e a haste quebrada dos meus óculos se soltou. O remendo que eu tinha improvisado no domingo com durex e clipes não tinha durado nem um dia. Como não conseguiria arrumar aquilo com o carro em movimento, pus a peça no bolso da jaqueta e testei a aderência dos óculos. Embora não caíssem, ficavam tortos e, para ler, eu precisaria levantar o lado quebrado para ajustar o foco.

Foi assim, com uma lateral dos óculos apoiada sobre meu indicador direito, que me dei conta de que o papel em que fizera a anotação era um convite para uma missa de sétimo dia. Logo me veio à mente meu pai. Por quanto tempo ele ainda iria viver?

Li o folheto, estava assinado pelos alunos de geologia da USP. A missa tinha sido realizada na sexta passada, 30 de março, na Catedral da Sé, em memória do colega Alexandre Vannucchi Leme.

Estiquei o braço e mostrei o folheto ao Agnaldo.

— Era aquele seu amigo?

Sim, era o Minhoca. A igreja estava lotada, ele contou, e o cardeal lavou nossa alma. Falou com aquele jeito tranquilo e meio enviesado de padre, mas deu a entender muito claramente que o Minhoca fora assassinado. Aí veio o Sérgio Ricardo e cantou "Calabouço", e no fim os padres puxaram "Caminhando". Saímos cantando e lá fora os milicos estavam com uma metralhadora apontada para a entrada da igreja. Não deu para acreditar!

Se eu soubesse que seria assim até eu tinha ido, disse. Mas sexta foi meu último dia no São Luís e depois de quatro anos de jesuítas a última coisa que me passaria pela cabeça era sair de lá e assistir a uma missa.

— E além disso eu sou ateu!

Agnaldo riu, não sei se da convicção ou da ingenuidade. Virou para trás e disse:

— A questão não é essa.

A questão, continuou, agora olhando pelo retrovisor, a questão é que o culto teve um sentido político. O Minhoca foi morto pela repressão, lá no DOI-Codi da Tutoia, não é longe de casa. Morreu sob tortura, todo mundo sabe, e depois os policiais inventaram aquela história toda esburacada de que ele foi atropelado enquanto fugia. Agora, Giges, uma coisa era a gente denunciar isso. Outra coisa era o cardeal de São Paulo usar sua posição para criticar a truculência da ditadura contra um militante de esquerda. Teve outro peso.

Perdemos a primeira aula. Sentados sobre os cadernos no cimento frio da escadaria da Gazeta, fizemos hora até o início da aula seguinte. Depois do fim de semana tumultuado, Leila, com sono, se aninhou no meu braço e fechou os olhos recostada no meu ombro. Aconcheguei-a, mas minha atenção estava em outro lugar.

A referência ao DOI-Codi e à rua Tutoia ficou martelando na minha cabeça. Não eram a sigla e o endereço do envelope? Seria esse o mesmo lugar para onde o Amaral tinha despachado o Jurandir no sábado? E se fosse, o que isso significava? Qual a ligação do Amaral com esse mundo? O que ele fazia da vida? Nunca tivera motivo para perguntar isso ao Figura.

No ar gelado da manhã, as perguntas ficavam sem resposta enquanto eu sentia meu corpo aquecer junto ao de Leila. Seu cabelo ainda tinha uma marca do travesseiro e imaginei-a na cama quente sonhando entre os lençóis. Não éramos namorados. Ou éramos? Não sei. Sei que era bom estar ao lado dela.

Tão bom que eu procurava apagar da memória as circunstâncias da nossa aproximação. Queria esquecer o olhar dela de admiração depois que eu, o vilão incógnito, me fiz de herói. Queria esquecer que nos beijamos enquanto procurávamos cobertores para os pais da criança que eu quase tinha matado.

Mas eu não esquecia. Não conseguia esquecer.

Me sentia um usurpador da intimidade que Leila me entregava adormecida em meu abraço. Talvez eu não fosse muito diferente dos homens sórdidos que tinham matado o Minhoca, afinal. Eles também não eram invisíveis?

Toquei os ombros de Leila. Precisava falar com ela. Mas, sem ter ideia do peso que me prostrava, ela suspirou e tornou a ajeitar a cabeça em mim, com um sorriso que desejei que nunca se desfizesse. Acariciei seu rosto, mas já sem intenção de despertá-la. Mais uma vez, não tive coragem.

O sinal tocou. Após subirmos três lances de escada, entramos na sala. Segui Leila até a última fileira, onde ela costumava sentar. Atrás de nós havia uma parede de vidro com grandes janelas basculantes que davam para a Paulista.

A primeira aula, geografia, foi com um japonês com voz de trovão. Depois, para dar história, entrou o Heródoto. Achei que fosse apelido, por causa do grego pai da história, mas era o nome dele mesmo, e me remeteu ao Giges. Na sequência, veio a professora de literatura, loira, pálida, cabelos lisos

— uma versão caucasiana de Iracema. Me perguntei se teria sido em sua aula sobre Gil Vicente que o Diabo ganhou seu apelido.

A última aula era de moral e cívica. Lembrei dos dois comentários que meu pai fizera três anos antes, quando foi instituída a obrigatoriedade da matéria. Eu não tinha nem treze anos e nunca esqueci o que ele disse.

— Inventaram isso para dizer que a ditadura é uma democracia.

Na época não entendi de primeira. Ele precisou me explicar que os militares queriam "dourar a pílula", expressão dele, dizendo que o Brasil tinha democracia, sendo o presidente eleito, se não de forma direta, pelos representantes do povo. Eles só não deixavam claro, dizia meu pai, como eram eleitos os representantes do povo, entre os quais não estavam os cassados, os perseguidos, os exilados.

O outro comentário me interessou mais. Ele disse que, com essa moral e cívica, os milicos queriam fazer um paralelo entre família e governo, para justificar a estrutura autoritária e hierárquica do regime.

Tirei da conversa a conclusão de que então a família também não deveria ser autoritária. Ele disse que eu estava desvirtuando o argumento e que usaria sua "autoridade", palavra dele, para encerrar o assunto.

Não devo ter entendido tudo o que ele disse, mas guardei a associação entre moral e cívica e a hipocrisia das autoridades.

Foi com essas recordações que vi entrar na classe o professor Ernesto — um senhor meio balofo de cabelo grisalho, camisa social abotoada nos punhos, calça cinza com vincos um pouco estrábicos e sapato preto brilhante.

Antes de dizer "bom dia", ele pegou o giz e caprichou na caligrafia: "Ordem e Progresso". A partir daí falou por meia hora sobre a bandeira, a integração nacional, os valores democráticos etc. etc. Para mim, e imaginei que para muitos à minha volta também, eram palavras soltas, sem sentido.

De vez em quando, acho que para tentar quebrar a monotonia, o professor andava pela sala, parecia gostar de projetar a voz de diferentes ângulos. Eu devia estar na órbita lunar, porque não vi quando ele se aproximou de mim.

Assustei quando pegou o convite da missa que estava sobre o meu caderno em cima da carteira. Sem falar nada, virou de costas e leu para si o folheto, frente e verso. Depois caminhou em direção ao centro da sala e, quando a distância era suficiente para falar bem alto sem que parecesse uma descompostura, se dirigiu a mim.

— O senhor é novo aqui, não? Senhor...
— Gilberto.
— Gilberto...?
— Gilberto Polatti.
— Muito bem, senhor Polatti. Vejo que o senhor foi à missa que rezaram para aquele comunista.
— Eu não fui, não senhor.

A classe toda olhava para mim. Me senti aterrorizado como naquela aula do padre Fernando. A Leila estava fora do meu campo de visão, mas sabia que ela não tirava os olhos de mim. Acuado, reagi num impulso, sem pensar.

— Mas gostaria de ter ido!

— E posso perguntar por quê?

Eu não sabia o que responder, e devolvi uma pergunta:

— Por que não?

— Eu vou dizer a vocês todos por que não.

E durante muitos minutos discursou sobre as virtudes do patriotismo, a ameaça do terrorismo, a covardia dos que assassinavam inocentes, pais de família etc. etc.

Eu não tinha a menor condição de sustentar aquele debate. Tudo isso era sobre um universo que eu mal conhecia, exceto uma ou outra menção do Agnaldo.

Mas, percebendo que a minha intervenção contara pontos com a Leila, resolvi que o professor não iria ficar com a última palavra. Baixei o tom, para deixar claro que não queria afrontar ninguém, e disse:

— Mas matar um estudante não está certo, está?

O professor caminhou em minha direção e, ao lado da minha carteira, me olhando de cima para baixo, falou com a mansidão ameaçadora dos que têm plena consciência do poder de que desfrutam.

— Isso aqui não é assembleia, senhor Polatti. Se o senhor insistir, vamos debater em outros fóruns.

E, ao me devolver o folheto, comentou em desaprovação ao livro cujo título eu anotara:

— Trótski? É esse o tipo de literatura que o senhor lê?

O professor se virou sem esperar a resposta que eu jamais daria. De repente, estancou ao ver que, enquanto falava comigo, alguém alterara os dizeres da bandeira para "Ordem

Pró-Esso". Antes que pudesse identificar o provocador, o sinal tocou e todos se levantaram falando e rindo ao mesmo tempo.

Um amigo da Leila a cumprimentou com um beijo e um abraço. Ela nos apresentou. Ele deu um soquinho camarada no meu peito e disse:

— Se cuida, Giba, esse aí é coronel aposentado.

Pegamos o Praça da Árvore de volta para casa. Leila afastou as pernas na catraca para se equilibrar enquanto enfiava a mão no bolso procurando o passe. Tirou-o de dentro da carteirinha da escola.

Vi a foto. Tinha toda a seriedade que cabia numa três por quatro.

— Estou horrível!

Olhei o verso. Havia outra igual, solta. Introduzi o dedo no plástico e puxei a foto. Sob seu rosto em branco e preto, a data de nascimento datilografada: 10 de abril de 1956. Era seis meses mais velha que eu.

— Estou horrível, Giba!

— Já que você não gosta, fica pra mim.

Ela riu. Guardei-a no bolso em que esquecera a haste inútil.

Na altura da praça Oswaldo Cruz entrevi à esquerda, ao longe, os jardins da entrada do hospital. Me deu um aperto pensar que lá estavam, a poucos metros uma da outra, duas pessoas que eu machucara.

Ao notar meu olhar perdido e melancólico, Leila, sem

suspeitar de todas as minhas aflições, procurou minhas mãos. Disse que voltaria comigo ao hospital à tarde, se eu quisesse.

Quando chegamos ao Joelma, para nossa surpresa, seu Januário estava de volta à portaria. Corremos até ele.

As notícias sobre o Kennedy não poderiam ser melhores. O menino estava bem, consciente, não teria sequelas. Ficaria mais um dia no hospital para mais um ou dois exames, só precaução.

Seu Januário soube o que eu tinha feito. Não tinha como me agradecer. A mim e ao Amaral, que lhe dissera para não se preocupar com as despesas hospitalares.

Murmurei qualquer coisa incompreensível e saí rápido, quase tropeçando, sem esperar pela Leila e sem saber se sentia mais alívio ou vergonha.

Deixei intocado na mesa o prato que a Irene preparara e me tranquei no quarto. O Pink Floyd ainda estava na vitrola. Acionei o braço para a música abafar o choro.

Chorei até ficar fraco.

O telefone tocou no meio da tarde. Fui atender achando, ou querendo, que fosse a Leila.

Era minha mãe.

Me pediu para providenciar um documento do meu pai que o hospital vinha solicitando havia vários dias. Ela sempre esquecia.

Abri o guarda-roupa, de acordo com suas orientações. Remexendo a gaveta da papelada, localizei o RG original. Antes de fechá-la, uma pequena caixa de papelão me chamou atenção. Na tampa, em letra de forma, estava escrito: "Farmácia Moral".

Hesitei em espiar o que havia ali, mas a curiosidade era maior que o constrangimento. Lá dentro, o fichário de couro desgastado pelo manuseio prometia uma viagem proibida pela vida privada do meu pai.

Acanhado, coloquei-o de volta na caixa. Antes de fechá-la, no entanto, não resisti à tentação de levantar a capa. Uma frase anotada com sua letra na primeira página explicava o título na tampa:

Uma coletânea de pensamentos é uma farmácia moral onde se encontram remédios para todos os males.

Logo abaixo, entre parênteses, o autor: Voltaire.

Deduzi, corretamente, que a tal farmácia era uma seleção de pensamentos alheios, o que me liberava a leitura.

Peguei o fichário de novo. As entradas, uma por folha, estavam organizadas por assunto, em ordem alfabética. Calculei que tivesse umas duzentas, trezentas folhas. Algumas frases eram tiradas de jornais e revistas em recortes amarelecidos colados com durex. A maioria tinha sido copiada, talvez de livros. Muitas revelavam sua desconfiança em relação à autoria. Nesses casos, ele fazia a ressalva: "Atribuída a Fulano". Havia também remissões a temas afins.

Parecia um trabalho de anos, e me senti traído por ele nunca ter me dito nada sobre aquilo.

Folheando de trás para a frente, como sempre faço, parei em "Política" e li:

No regime capitalista, existe a exploração do homem pelo homem; no socialismo é o contrário.

Apesar do meu mau humor, deixei escapar uma risada sonora. Anotei mentalmente o nome do autor: Stanislaw Ponte Preta. Na primeira chance, iria provocar tanto o coronel do Objetivo quanto o Agnaldo.

Folheei mais um pouco e, não por acaso, parei em "Coragem":

Todos temos medo. Quem não tem medo não é normal; isso nada tem a ver com coragem.
(Jean-Paul Sartre)

Deitei no chão com o fichário jogado sobre o carpete. Abandonei a mente em sobrevoos descomprometidos sobre as palavras consoladoras de Sartre. Medo eu tinha. Restava saber se teria coragem.

Adormeci com a dúvida dançando em meu sonho.

A porta de casa deve ter ficado aberta porque, quando virei, Leila estava deitada ao meu lado. Com a cabeça apoiada na mão, ela alisava meu peito em movimentos lentos e circulares. De repente, num giro ágil, subiu em mim. Senti as miçangas da camiseta me beliscarem. Ela colocou a ponta do nariz no meu. Quis beijá-la. Ela recuou. Torceu uma mecha de cabelo e a atravessou sobre o lábio superior, segurando-a com um beiço exagerado.

—Você me ama? — ela perguntou.

— Eu te amo, Leila.
—Você me amaria mesmo se eu tivesse um bigode grande assim?
— Eu te amaria, eu te amo.
— E me beijaria se eu tivesse esse bigode?
— Eu beijaria.
E beijei. O bigode, a boca, o beiço. Ela recuperou o fôlego.
— Então você me ama?
— Eu te amo.
— E me diria sempre a verdade?
— Sempre, sempre.
— Mesmo se você tivesse medo?
— Mesmo.
— Mesmo se você sofresse?
— Sim...
— Mesmo se *eu* sofresse?
— Leila, Leila, eu...
— Mesmo se a verdade nos separasse? Mesmo se...
Acordei num sobressalto com um som estridente. Já havia escurecido; corri para o telefone trombando nos móveis. Queria que fosse a Leila.

Era o Figura.
— Figura!! Onde você está?!
—Você não vai acreditar, Giges. Estou no aeroporto. Indo para Londres!
— Londres?! Não estou entendendo nada...

— É uma longa história, e eu só tenho uma ficha. Falei para ele me ligar a cobrar do orelhão. Não fazia a menor ideia do que poderia ter acontecido. Depois de sumir por quarenta e oito horas, o Figura me liga todo animado para dizer que vai para a Inglaterra?! O que significava isso? Ia fazer o que lá? E por que não avisou ninguém? Por que desapareceu no meio da confusão com o Kennedy? Será que sabia que ele tinha sido acusado? Será que sabia que eu é que tinha causado tudo aquilo e deixado que a culpa recaísse sobre ele? Ansioso, andei compulsivamente de lá para cá em frente ao telefone, um bicho enjaulado. Atendi ao primeiro toque.

— Então, conta!

— Não sei nem por onde começar.

— Começa do começo, Figura. O que aconteceu no sábado à noite depois que a gente se despediu no elevador?

Ele não saiu do quarto nas horas seguintes. Releu as anotações sobre a lua que vinha pesquisando nos últimos dias. Depois resolveu escrever aquele bilhete para mim. Já sabia que eu tinha passado mais tarde por lá e que sua mãe me deixara levar as anotações e o bilhete. Sim, Figura, eu tinha lido, claro. Sabia que você não estava mais chateado comigo, tudo bem. Também tinha entendido as explicações. Não, Figura, depois você me contaria da sua amiga do Hyde Park, tá bom? Agora eu só queria saber o que tinha acontecido no sábado à noite.

— Mas tem a ver com ela, Giges! Quer dizer, não diretamente... Escuta só.

Mencioná-la no bilhete o fizera relembrar aquela noite em Londres. Estava frio. Não o friozinho de São Paulo, Giges.

Estava *frio*. Eles estavam encapotados, com bota e gorro. O nariz destilava, então enxugavam na luva de lã entre um beijo e outro. Zoe o derrubou sobre a grama gelada. Abraçaram-se e contemplaram o céu por alguns minutos, até que, tremelicando, ela não aguentou mais e ele, brasileiro, macho, sabe como é, puxou-a por cima, oferecendo-se como uma esteira acolhedora. Quando estalagmites pontiagudas perfuraram suas costas anestesiadas até os pulmões, Figura constatou o desejo minguar como a lua que se despedia em forma de C. Viajou no dia seguinte. Eles nunca mais se viram.

Agora, no calor úmido de São Paulo, imaginava-a sem o casaco. Sem gorro nem luva. Sem bota. Zoe estava nua. Colocou um pé no canto da cadeira em que ele estava sentado diante da escrivaninha e, cumprindo a promessa de um ano antes, mostrou a ele sua tatuagem. Uma libélula rósea que pousava em seu tufo loiro. Zoe passou a perna sobre ele, como se montasse um cavalo prestes a galopar rumo ao sétimo céu.

—Abre essa porta, Paulo!! O que aconteceu?! O que você fez?!

Uma agulha explodiu o balãozinho de seus pensamentos mais íntimos. Figura foi jogado de repente de volta à realidade, com o pai esmurrando a porta do banheiro.

Atrapalhado, com a calça arriada nos tornozelos, ele também gritou.

— Não se tem mais paz nesta casa?!

O pai ouvira o berreiro no pátio, como contou mais tarde ao filho. Foi até seu quarto. Ele não estava mais lá, a cortina balançava ao vento. Correu até a janela e olhou para baixo. Pessoas se aglomeravam em volta de um corpo estendido. Quem, meu Deus?! Impossível ver. Começava a chover e seu Antônio se desesperou. Um menino olhou em sua direção, apontando-lhe o dedo.

— Foi o Figura! Foi o Figura!

A reação imediata foi de alívio, aquele lá embaixo não era seu filho. Em seguida, passou pela sua cabeça que o moleque atirara algo da janela, provocando o acidente. O Paulo apronta uma atrás da outra, pensou. Já tinha sido fichado quando pichara o carro do dr. Diogo. Com esse antecedente, seria detido agora. Ficaria junto a menores infratores até os dezoito anos.

A dúvida sobre o crime logo evoluiu para uma certeza inabalável. Para o pai, Figura tinha "culpa no cartório", expressão dele. Não adiantou Figura argumentar que, quando tinha culpa, assumia o erro. Não tinha sido assim no caso da pichação?

Seu Antônio, porém, não queria perder tempo. Precisava salvar o filho depressa, mesmo que ele o odiasse por toda a vida. Chamou seu irmão que assistia TV na sala e lhe deu instruções precisas. Amaral deveria acionar imediatamente sua rede militar, abafar o caso e, se preciso fosse, tirar o Paulo de circulação.

O tio resolveu primeiro tirá-lo de lá. Raciocinando como um capitão que organiza a retirada da tropa diante do avanço das forças inimigas, Amaral ordenou que Figura e o pai tomassem o elevador direto para a garagem, enquanto ele iria avaliar a situação no pátio e disparar telefonemas. Os dois foram para um sítio de um amigo do Amaral perto de São Paulo. A ligação estava ruim e eu não tive certeza se estava entendendo. Interrompi:

— O seu tio é militar? Nunca soube...

— Ele anda com militar. É diferente. É pior, acho. É um cara escroto, não gosto dele. Cheio de mistério. Cheio das conexões com gente barra pesada. Mas não quero falar dele, Giges. Família a gente não escolhe, né?

Em menos de duas horas, Amaral ligou para o irmão para dizer que estava tudo resolvido. Resumiu as providências tomadas. Dera a entender à mãe do menino, o Kennedy, filho da costureira que é mulher do zelador, que pagaria as despesas do hospital. Não, não, Tonico, continuou Amaral, não levantei suspeita nenhuma, podia ficar tranquilo. Depois teve um outro moleque lá, um tal de Giges, que conseguiu uma vaga no Oswaldo Cruz, e aí não se falou mais nisso. Espero que não fique muito caro.

Amaral mandou fazer logo um B.O. Só por precaução, caso alguém tivesse a ideia de dar queixa na polícia, entendeu? Já estava tudo acertado com o delegado. O Cidão era unha e carne com ele, ninguém devia se preocupar. Ele mesmo, Amaral, dera depoimento como testemunha, entendeu? A versão era a seguinte: uma caixa de fósforos chumbada caiu de alguma janela, acertando a vítima. Ponto. As condições não permitiam concluir que o objeto tivesse sido atirado. Ponto. Para a polícia, caso encerrado. Ponto. Entendeu?

O único problema, prosseguiu, era que no prédio o Paulinho continuava sendo o principal suspeito. Um dos meninos, um tal de Fariseu, chegou a vê-lo na janela. Sim, sim, deve ter sido esse mesmo que viu você, achando que fosse seu filho.

— Se eu fosse você, Tonico, dava um chá de sumiço nele. Até a poeira baixar.

— O que você sugere?

— Ele está com o passaporte em dia?

— Sim.

— Por que não manda ele para Londres? Ele conhece gente lá, vai se virar.

Sugestão aceita, Amaral disse ao irmão que daria mais dois ou três telefonemas para garantir uma passagem no máximo na segunda-feira. Desligou.

Figura não acreditou no que estava ouvindo. Então, *oh, castigo supremo!*, ele seria mandado para Londres para evitar uma possível prisão? Ora, ora, ora. Pensando bem, ele poderia ter atirado o time do Santos inteiro na cabeça de cada um daqueles panacas.

Depois daquele turbilhão de informações, retomei a palavra ao telefone sem saber ao certo o que dizer.

— E você sabe quem atirou o goleiro, Figura?

— Sei lá! E também não quero saber. Aliás, se você descobrir quem foi, fala para ele que mandei dizer o seguinte: *"Thank you very much, my friend"*. Olha, agora estão chamando meu voo. Vou nessa. Te escrevo, o.k.? Tchau.

Coloquei o fone no gancho e recostei na poltrona tentando concatenar as ideias. Reconstituí o dia. Primeiro, soube que a criança que eu pensei ter matado passava bem. Agora, o Figura me agradecia, sem saber, por tê-lo envolvido injustamente num crime. Qual o sentido disso tudo?

Depois da tensão dos últimos dois dias, não reprimi uma sensação de alento que me envolveu. Aos poucos, porém, a inquietação voltou a se instalar na minha cabeça.

Parecia certo que eu tinha escapado. A família do Kennedy estava tão aliviada com o desfecho que não levaria o caso adiante. Mesmo se, numa hipótese remota, resolvesse ir à polícia, nunca conseguiria reabrir o caso sem um advogado caro. E Figura, o maior prejudicado, estava voando feliz. (Será que ele voltaria a encontrar Zoe?)

Só uma pessoa no mundo sabia o que de fato tinha acontecido. Eu. Bastava ficar quieto, e em pouco tempo ninguém mais se lembraria disso.

Ninguém. A não ser eu. Ou talvez eu também pudesse esquecer. Memória, já escrevi isso, não é o meu forte.

Disse a mim mesmo que eu era um cara de sorte. Talvez por um ou dois centímetros eu não tenha me tornado um assassino. Talvez a saudade inesperada de uma garota tenha anulado o efeito da minha traição.

Nos dois casos, as consequências das minhas ações estavam fora do meu controle. Não dependeram de mim, mas do acaso. Ou seja, da sorte. Uma sorte moral.

No fundo, no fundo, eu sabia que não podia existir sorte moral. Tinha muita quilometragem de educação religiosa para acreditar nisso. Tentei pensar a partir de um exemplo extremo, para testar hipóteses, método que só pode ser herança da minha formação jesuítica.

Imaginei dois homens maus que tivessem, cada um, uma criança sob a mira de seus revólveres. O primeiro atira e mata. O segundo atira e erra. Isso faria do homem com má pontaria um ser humano "menos pior" do que o primeiro?

Pela lógica, não. A diferença entre eles era de competência, não de essência.

Eu era um homem mau com má pontaria. O destino do Kennedy e do Figura foi bom, mas não melhorou meu caráter.

Me sentia um lixo.

Queria muito falar, desabafar, mas não tinha com quem.

Talvez só meu pai pudesse me dizer o que fazer. Só ele me daria a confiança para saltar de novo dos faróis que a vida colocara no meu caminho. Mas eu não ia me iludir, nós nunca mais conversaríamos.

Tentei continuar raciocinando por conta própria.

Lembrei de uma conversa com o padre Fernando. Um dia, quando já me tornara Giges, ele me chamou na sua sala porque, durante a aula, eu debochara, com uma careta, da ideia do livre-arbítrio.

Quem não estudou em colégio de padre nem fez catecismo não tem noção da importância que se dá a esse conceito-chave do cristianismo. Basicamente, é o seguinte: Deus nos deu o livre-arbítrio, a capacidade de distinguir entre o certo e o errado e agirmos de acordo com a nossa consciência. Sendo que o certo, claro, é o caminho que nos leva até Deus.

Mas o que dizer de alguém que nunca teve contato com esse Deus?

Foi o que perguntei ao padre. Na época, lia uma coleção de história dos povos orientais e fiquei pensando se esses seres desavisados dos preceitos cristãos também teriam livre-arbítrio. Achei que não, mas só consegui avançar no raciocínio quando o Agnaldo me soprou a palavra-chave: determinismo. Era isso! O que eu estava pensando, mas ainda não tinha encontrado uma maneira de expressar, era que o país, a tribo, a cultura, o ambiente em que uma pessoa vivia, tudo isso *determinava* seu pensamento. Talvez não estivesse tão convicto assim, mas, se as duas possibilidades eram excludentes, eu certamente tendia para a segunda.

— Então, meu filho, se tudo está determinado, ninguém deveria ser responsabilizado pela consequência dos seus atos.

Não respondi na hora. Não sabia o que responder. E não conseguia me livrar do eco daquelas palavras. Foi só algum tempo depois que cheguei à conclusão de que aquele tinha sido um golpe baixo. Um determinista apenas reconhece a limitação da liberdade, era isso o que estava querendo dizer. E isso não tem nada a ver com fugir da responsabilidade por seus atos. O padre Fernando tentava me levar de volta ao rebanho com a ajuda de um cajado capcioso.

Minha cabeça fervilhava. Tive vontade de sair de casa e de caminhar a esmo pela noite. Mas precisava dar as notícias do Figura. Estávamos todos intrigados com seu sumiço e ele não devia ter falado com mais ninguém.

Olhei o relógio da cozinha, não eram dez horas. O pessoal ainda devia estar no salão.

Desci.

Ainda no elevador percebi, pela animação, que o salão estava cheio.

O barulho das cortadas denunciou que o China jogava pingue-pongue. Ninguém atacava como ele. Nem defendia tão bem. Ele tinha uma raquete com uma face emborrachada e a outra de madeira. Quando cortava, usava a madeira. Para dar efeito ou se defender, preferia a borracha. A única dúvida do adversário era saber de quanto perderia, se bem que às vezes, com muita dissimulação e elegância, ele nos deixava ganhar.

O Nirvana tinha levado a vitrola e o LP dos Secos & Molhados. Tocava "O vira". "O gato preto cruzou a estrada/ passou por debaixo da escada./ E lá no fundo azul/ na noite da floresta./ A lua iluminou/ a dança, a roda, a festa." No refrão, todos acompanhavam o Ney Matogrosso: "Vira, vira, vira/ vira, vira, vira homem, vira, vira/ vira, vira, lobisomem".

Ao entrar no salão, vi que o China jogava com o Diabo. O Zigoto, o Guru e o Lucas assistiam a pouca distância, as cabeças acompanhando em coreografia o vaivém da bolinha.

As meninas, de pé num canto, faziam uma roda, às vezes a Sílvia ensaiava um passo. A Leila, que preferia a companhia dos meninos, estava sentada entre o Cabaço e o Fariseu, com os pés sobre a mesa de centro, onde nas tardes livres jogávamos botão.

"Vira, vira, vira/ vira, vira, vira homem, vira, vira."
Encostei no grupo que acompanhava a partida. Esperei terminar. Deu China, sem nenhuma surpresa. O Guru pegou a raquete; seria o próximo a perder.

Aproveitando o intervalo, comentei em voz baixa com o Lucas.

— Acabei de falar com o Figura.

Lucas rufou tambores da sua empolgação natural em antecipação ao anúncio iminente, sobrepondo-se, com sua voz possante de tenor dramático, ao contralto que chiava na vitrola.

— Pessoal, o Giges falou com o Figura!!

O Nirvana desligou a vitrola. O China pousou a raquete. As meninas interromperam a conversa. A Leila levantou os pés da mesa. Formou-se uma roda em torno da mesa de pingue-pongue. Eu estava no centro, ao lado da redinha verde de plástico. O silêncio era quebrado pelo barulho da bolinha que o Fariseu, nervosamente, jogava com a mão sobre o tampo.

O Lucas abriu os trabalhos.

— E aí?

Não tinha pensado no que diria, muito menos em *como* diria. Minha intenção era apenas fazer um comentário paralelo com o Lucas e depois contar individualmente para mais um ou outro, até que a história se espalhasse. Mas o Lucas me colocara na ribalta e eu não tinha como abandoná-la.

— E aí, Giges?

Não havia hipótese de contar a conversa como ela se dera. A fuga de carro, o esconderijo no sítio, a reação do pai, os telefonemas do tio, tudo isso só aumentaria as suspeitas sobre o Figura.

Claro que eu sempre tinha a possibilidade de contar a verdade. Mas não iria fazer isso naquela hora, nem daquela maneira.

— Fala!

Comecei pela parte fácil. Contei que o Figura estava bem, indo para Londres, agora deveria estar voando. Depois fui inventando enquanto falava. Ele tinha ido fazer um curso. De inglês, claro. Vocês não lembram que ele foi no ano passado? Então, está voltando. Mencionei até o famigerado show do Pink Floyd, valia tudo para eu ganhar tempo e melhorar um pouco a versão. Me perguntaram sobre o sumiço repentino e na hora me ocorreu falar de um piquenique que o pai fizera questão que ele fosse. Era num sítio aqui pertinho.

Mas por que ele não falou nada? Por que não avisou ninguém? Ele estava ou não estava na janela quando o Kennedy foi atingido?

Sob pressão, lembrei da ficha única.

—Vocês não vão acreditar, mas ele só tinha uma ficha. Só deu para falar rapidinho. Imagina, uma ficha só! É uma figura mesmo!

Estava dando a sessão por encerrada quando o Fariseu remexeu o corpanzil e falou grosso:

— Quer dizer que o cara quase mata o Kennedy e vai passear em Londres? Quem disse que o crime não compensa?

—Você não viu nada, Fariseu! Estava escuro e chovendo. Não dava para ver nada!

— Qual é a sua, Giges? Por que você está protegendo o Figura?

Senti o sangue borbulhar, mas fiquei quieto. Não queria discutir. E, de qualquer maneira, acho que sentia mais raiva de mim do que dele.

— Foi o Figura!! Eu vi! Eu vi!

Aí eu transbordei.

—Você não viu nada!! Você é um filho da puta!!

Me arrependi na hora. Projetara no Fariseu o desprezo que sentia por mim mesmo. *Eu* era o filho da puta! Ele era só mesquinho e invejoso, uma inveja, aliás, nitidamente refletida naquela versão fantasiosa dos fatos.

Me arrependi, sim, mas já era tarde. A ofensa reverberava inapelavelmente pelo salão. Não tinha sido a primeira vez que eu me precipitava. Com certeza não seria a última. Eu era assim. Eu *sou* assim. Isso é determinismo, viu padre Fernando? Não posso controlar esse traço da minha personalidade. Isso determina as minhas ações, não é uma opção. E não é por isso, veja bem o senhor, não é por isso que deixarei de responder por elas, está ouvindo, padre?

Fariseu deu a volta na mesa e ficou frente a frente comigo. A roda se abriu. O Gordo e o Magro se preparavam para protagonizar um pastelão para a distinta plateia. O bate-boca é inevitável, pensei.

Mas não.

Sem antecipar o movimento, o Fariseu me acertou um soco no nariz antes que eu pudesse esboçar qualquer reação de defesa. O punho desenhou no ar um arco fechado, de baixo para cima, da direita para a esquerda. O nariz empinou, como se de repente apontasse para um prego sem quadro esquecido no alto da parede. Não sei se ouvi o osso quebrar. Talvez tenha sido só o barulho do impacto. Tentei me agarrar na lateral da mesa, mas desabei. Tateei o chão: os óculos tinham sumido. Distingui em frente a imagem embaçada de um Obelix limpando os dedos ensanguentados na calça. Levei a mão ao nariz. Estava molhado. Senti na boca o gosto do sangue. Doía. Mas a dor não incomodava. Tentei levantar e me desequilibrei. Estava tonto como um legionário romano.

China e mais três ou quatro agarraram o touro e o arrastaram para fora, levando coices no trajeto.

Meu amigo voltou logo e se ajoelhou ao meu lado. Com a pouca experiência que deve ter tido com pugilistas em Nanquim, pegou meu rosto com as duas mãos, avaliou a fratura e disse:

—Vai doer.

Antes que eu pudesse entender a intenção dele, apertou as narinas como se quisesse prender minha respiração. E então, sem hesitar, com a tranquilidade e a precisão de Bruce Lee, puxou meu nariz, recolocando-o no lugar com um *crec* perfeitamente audível de ossos em atrito. Urrei de dor. O sangue tingiu a camiseta.

Fiquei deitado no chão, a cabeça apoiada no assoalho e o rosto coberto com as mãos em concha.

Aos poucos os tremores se tornaram mais esparsos à medida que eu sentia dedos suaves deslizarem pela testa empapada de suor, afastando os fios de cabelo respingados daquilo que a minha percepção tátil identificava como um óleo ligeiramente viscoso. Sabia que eram os dedos da Leila.

Em meio ao burburinho de interjeições, ouvi sua voz assertiva e afetuosa.

— Não levanta a cabeça.

Providenciaram gelo. Algumas pedras embrulhadas numa toalha de rosto aliviaram a dor.

Quando consegui ficar de pé, o China e a Leila me ampararam até a porta de casa. Quiseram me levar para o hospital. Eu não quis.

Ele se despediu. Ela ficou.

Sentamos à mesa da sala de jantar. Leila pegou minha mão que segurava o gelo e descobriu o nariz.

— Como está? — perguntei.

— Feio.

Voltei à compressa. Reparei na armação partida e sem lentes sobre a toalha. Agradeci a ela por ter recolhido meus óculos. E por estar lá comigo.

— São mais de onze. Daqui a pouco eu tenho que ir...

— Eu sei, eu sei...

Peguei suas mãos como quem diz "ainda não".

— Eu gosto muito de você, Leila. Eu...

Leila afastou de novo o saco de gelo. Aproximou o rosto e encostou os lábios nos meus, um quase-beijo.

—Também gosto de você, Giba.

Não senti sua boca me tocar. O gelo me anestesiava. Não teria essa última lembrança. Me fixei nas palavras. Ela tinha dito que também gostava de mim. Também nunca mais ouviria isso, pensei.

— Preciso falar com você, Leila.

— Agora não, Giba. Vai sangrar.

Mas eu não aguentava mais — e contei tudo num jorro de palavras prenhes de culpa, remorso e arrependimento: a música, os uivos dilacerantes da mulher, o corvo, as nuvens negras, o chumbo, a janela entreaberta, o delírio, o voo do Cejas, os gritos no pátio.

Quando a encarei de novo, emocionalmente exausto, vi em seu rosto as marcas da incredulidade e da decepção. Leila me olhava atônita com olhos de água empoçada.

Ela tinha razão. Eu estava sangrando de novo.

Antes de ir à pia me lavar, lembrei que ela estava atrasada. Seus pais esperavam por ela e terça era dia normal, a aula começava cedo.

Quando voltei a sala estava vazia.

Fiz questão de encarar o verme no espelho do banheiro. Lá estava ele: um ser ridículo e vil em torno de um nariz intumescido, absurdo e inverossímil como um anti-herói gogoliano.

Passava da meia-noite quando fui para o quarto. Não tinha sono. Queria chafurdar na melancolia e lembrei da música de *Morte em Veneza*. Eu sempre a ouvia aos prantos, mesmo sem estar infeliz.

Dois anos antes vira o filme de Visconti quinhentas vezes,

enquanto esteve em cartaz no Belas Artes, onde os porteiros faziam vista grossa para minha carteirinha falsificada. Meu pai devia ter achado mais barato me dar a *Quinta sinfonia*. Achei o disco na pilha de LPs e destronei Roger Waters e companhia. Fui direto ao adágio. Escutei-o seguidamente, chorando a cada vez.

Até que não chorei mais.

Apaziguado, comecei a escrever, deitado de costas, para tentar estancar o sangue. Talvez induzido pela melodia, enchi páginas e páginas com versos. Ao contrário da música de Mahler, porém, os versos eram ruins e logo se transformavam em bolas de papel.

Adormeci quando o dia clareava. Despertei em seguida, com um bater de panelas intencional. Era a tática da Irene para me acordar sem entrar no quarto e me chamar formalmente.

Dei um berro dizendo que eu não iria para a escola, estava doente. Mas a agitação me espantou o sono. O nariz ainda doía e parecia mais inchado. Não me mexi, com receio de que voltasse a sangrar.

Ao meu lado, a única folha não amassada lia:

Quero um verso sereno
Que me leve aonde for
Reflexivo e pleno
Um verso sem amor

E dizê-lo ao luar
E desentristecer

Sem pressa me afastar
Se já não pode ser

Que dê minha medida
A contida expressão
Sem palavra perdida
Solto e longe do chão

Que seja um verso vivo
E te mantenha perto
Que sirva de arquivo
Deste tempo incerto

Onde guarde um retrato
Uma lembrança bonita
E um presente abstrato:
Minha existência aflita

Não tinha título. Peguei a caneta e escrevi em cima: Leila.
Reli.
Achei muito convencional. Ela odiaria.
Fiz uma última bolinha de papel e fui mijar.

Pinguei umas cinquenta gotas de Novalgina direto na boca. Foi a última coisa que me lembro de ter feito naquela terça de manhã.

Pouco antes chamara a Irene para lhe entregar o RG do

meu pai. Ela veio até o quarto, mas não entrou. Se me visse estropiado era capaz de comentar com a minha mãe. Com a luz apagada e a porta entreaberta, aleguei uma dor de cabeça latejante, o que não era mentira. Disse que não queria ver ninguém nem atenderia ao telefone — a não ser em caso de urgência.

Estiquei-lhe o envelope com o documento. Orientei-a a deixá-lo na casa da d. Teresinha, que certamente passaria no hospital durante o dia. O número do quarto estava anotado na parte da frente. Bastava entregar na portaria.

Depois disso minha pressão deve ter baixado muito. Apaguei.

Acordei quando anoitecia. Fiz as contas e concluí ter dormido seis ou sete horas. Levantei ainda meio zonzo, a cabeça pesada, o nariz dolorido.

Abri a geladeira faminto. Bebi e comi o que tinha: meio litro de leite, um pedaço de queijo prato. Numa cestinha sobre a pia havia dois pães amanhecidos. Parti-os com a mão e mordi os pedaços. Não gostava muito de bolacha, mas acabei com o meio pacote de Maizena que estava no armário. Por fim, tomei o resto do leite. Estava alimentado.

Ao voltar pela sala vi o jornal jogado em cima da mesa. Intacto, como sempre. As notícias não me interessavam, mas reparei nas fotos do Ado e do Leão publicadas na metade de baixo da primeira página.

Os goleiros me remeteram ao meu Cejas de chumbo. O Ado estava com a bola encaixada nos braços. O Leão acabara de espalmá-la numa ponte fotogênica. O treino do dia anterior estava no jornal porque à noite a rivalidade entre Corinthians e Palmeiras seria reeditada em jogo valendo pelo Campeonato Paulista.

Ao ler essa informação, larguei o jornal na mesa, incrédulo. Alguma coisa estava errada. Como um jogo da rodada na terça à noite?! O jornal errou, pensei. Os jogos são na quarta. Desvirei o jornal e chequei lá no alto: quarta-feira, 4 de abril de 1973.

Quarta?!

Então eu tinha dormido quanto tempo? Trinta horas? Não era possível. Refiz o cálculo. De meio-dia de terça, mais ou menos, até quase seis da tarde de quarta. Sim, trinta horas!

Bem que eu tinha achado seis horas muito pouco mesmo. Não teria dado tempo para acomodar meus infindáveis pesadelos. Por sorte, minha mãe não passou em casa. Ou talvez não tenha sido sorte. Talvez meu pai tenha piorado e ela não quis sair do seu lado. Será que ela telefonou e eu não escutei?

Liguei para o hospital preocupado. Minha mãe parecia mais tensa que o normal. Não tinha entrado em contato para não me preocupar. Mas a verdade, disse, era que ele não estava nada bem. Não que tivesse tido alguma novidade. Seu quadro evoluía dentro do esperado. Era "irreversível". Essa era uma palavra que até então ela vinha evitando, apesar de ser a mais precisa para descrever a situação. O fato de tê-la empregado acendeu um sinal amarelo.

Me vesti para ir ao hospital, talvez fosse a última vez que o veria com vida. Olhei no espelho antes de sair, e desisti. Os hematomas assustariam minha mãe.

Lembrei que na última noite que passamos juntos eu estava com a Leila. Acho que ele teria gostado de conhecê-la melhor. Estava com ela também quando, depois desse dia, no ônibus, vi o hospital de relance. Foi quando ganhei a três por quatro que acabou indo parar num verso descartado, o tal "retrato" guardado no "arquivo deste tempo incerto", que era o que eu desejava que fosse o poema.

Tempo incerto... E não havia nada que eu pudesse fazer para torná-lo diferente.

Ou havia?

Voltei para o quarto com a pergunta martelando na cabeça. Deitei no chão salpicado de bolas de sulfite. Fixei os olhos no teto, permaneci imóvel. Tinha todo o tempo do mundo pela frente. Não iria a lugar nenhum com aquela cara deformada.

Evoquei o velho. Sentado em frente à escrivaninha, um cotovelo apoiado sobre a Lettera 22 azul-grafite que me dera de presente quando fiz treze anos, ele me observava com a expressão serena de quem aguarda uma pergunta.

— O que eu faço, pai?

— Não sei, Giba. O que você acha que seria o certo?

Claro, eu saltaria do farol.

Desamassei uma bola ao meu lado e peguei a Bic. Ainda deitado, escrevi em letras maiúsculas no lado em branco do papel apoiado sobre o prisma da capa de *Dark Side*: COMUNICADO.

Não sabia bem o que queria comunicar. Nem como. Nem a quem.

O que eu faria? Iria assinar uma confissão e me entregar à polícia por ter colocado uma vida em risco? Decidi que não. Iria apenas me dirigir aos moradores. Se quisessem me entregar à polícia, isso era com eles. Escrevi seguidas versões, fazendo e desfazendo bolas de papel. Procurei emular o estilo seco, formal e burocrático dos informes do síndico.

Depois de horas de tentativas, consegui me livrar de todos os excessos, pieguices, adjetivos, advérbios e tudo o mais que considerei supérfluo. Saiu isto:

São Paulo, 4 de abril de 1973

COMUNICADO

Prezados condôminos,

Tenho um comunicado a fazer: assumo inteira responsabilidade pelo acidente do sábado passado, em que se feriu o garoto Kennedy.

Não foi minha intenção jogar nada pela janela, muito menos atingir quem quer que fosse. Ainda assim, sei que devo responder por meus atos.

Peço desculpas a todos pelos transtornos causados, sobretudo ao seu Januário, à d. Teresinha e à sua família.

Gilberto Polatti (apto 122)

Reli. Achei o.k.
Sentei na escrivaninha. Peguei na gaveta quatro folhas sul-

fite e três carbonos. Intercalei-os e alimentei a Olivetti. Aproximando o rascunho do rosto para poder enxergar minha letra, bati o comunicado devagar, para não errar. Assinei as vias.

O próximo passo seria afixar as folhas nos dois elevadores dos dois blocos do prédio.

Onze horas. Talvez ainda tivesse gente no salão. Resolvi fazer hora. Não queria que me vissem. Tomei um banho. A água quente fez o nariz sangrar de novo, não muito. Continuava doendo, mas incomodava menos. Acho que tinha me acostumado à dor. O pior era a aparência.

Pouco antes da meia-noite desci pela escada, para evitar topar com alguém. Coloquei os comunicados nos elevadores do meu bloco. Continuei pela escada até a garagem e depois de caminhar entre os carros cheguei aos outros dois elevadores.

Missão cumprida. De acordo com meu planejamento meticuloso, este seria o momento em que eu deveria sentir alívio e o peito desanuviado.

Cálculo errado. Só sentia medo.

Medo do desprezo dos amigos. Da reprovação geral dos moradores. Do isolamento forçado. Da reação da minha mãe. De ser preso. De tudo.

Medo de que a Leila me evitasse.

Se eu corresse, pensei, ainda daria tempo de retirar os comunicados! Ninguém tinha entrado nos elevadores nos últimos minutos.

Em vez disso, ganhei a rua. Caminhei devagar, como se quisesse me dar uma chance de voltar atrás. A cada passo, porém, ouvia desabar um pedaço da ponte que eu acabara de dinamitar. Entrei na Domingos de Moraes, quase deserta àquela hora, e fui andando sentido avenida Paulista, sem me preocupar para onde estava indo. Não queria *ir* para lugar nenhum. Queria apenas *sair* de onde estava. Para fugir da tentação de me arrepender, de rasgar os comunicados. Meia dúzia de esquinas adiante eu sabia que a ponte ruíra por completo. Não havia mais volta para mim.

Se seguisse em frente algumas quadras chegaria em dez minutos ao Oswaldo Cruz. Mas o que eu faria lá? O que diria à minha mãe sobre essa cenoura enfiada na minha cara de espantalho?

Sem saber o que fazer, decidi tomar uma Coca.

O bar da esquina estava fechando. Na calçada, um funcionário de Havaianas pretas desgastadas e calça enrolada abaixo do joelho jogava água no estrado de madeira que ficava atrás do balcão. O caixa tinha fechado. Mas eu tinha um cruzeiro trocado no bolso e ele fez o favor de pegar uma garrafinha gelada para mim.

Enquanto bebia no gargalo, encostado no poste em frente ao bar, meus olhos pousaram na placa acima do portão metálico que meu amigo descia para passar o cadeado. Mesmo sem óculos, consegui ler: Tomás Carvalhal. Não sei por que lembrei que ela dava na Tutoia.

Ou melhor: acho que sabia.

Desde o telefonema do Figura fiquei imaginando como seria aquele lugar para onde o Amaral despachara o amigo dele.

Deixei minhas pernas pensarem por mim, como fazia às vezes, e comecei a descer a rua. Depois da Cubatão era só ladeira abaixo. As árvores filtravam a pouca luz dos postes esparsos. Passei a Oscar Porto, a Carlos Steinen. À medida que me aproximava da Tutoia, os quarteirões pareciam maiores e mais escuros. Não me lembrava do número anotado no envelope. Provavelmente minha excursão noturna não daria em nada.

Mas nem precisei procurar aquele tal destacamento de operações e operações — tinha gravado a esquisita repetição das palavras. Antes de chegar ao entroncamento (a Tomás Carvalhal faz um *T* com a Tutoia), vi peruas de portas escancaradas com luzes vermelhas piscando na capota. Os homens em frente tinham roupas civis e cacoetes policiais.

Pensei em dar meia-volta, mas já estava muito perto deles. Uma guinada brusca seria suspeita. Fui em frente. Ao passar por um bar minhas pernas pularam para dentro.

Todos ali pareciam se conhecer. Riam alto, gritavam uns com os outros, davam tapinhas na bunda das mulheres.

Sentei no balcão, encolhido. Logo seria confundido com um inimigo infiltrado. Me jogariam numa daquelas C-14 escuras que pareciam ainda mais sinistras pelas vozes esganiçadas que saíam aos soluços do rádio de comunicação interna com mensagens incompreensíveis.

— Copiou, sargento? Câmbio.

Um homem avantajado, bigodes fartos, peito cabeludo, se aproximou de mim.

— O que vai ser?

Pulei no banco.

— Ahn?! Ah, desculpe… Uma Coca. Por favor.

Ele jogou o cardápio na minha frente. Olhei primeiro a coluna dos preços, só tinha dezoito cruzeiros. Quando voltou com o refrigerante, pedi um x-egg.

Enquanto ouvia o hambúrguer fritar na chapa, captei sem querer a conversa de dois homens engordurados nos bancos à minha direita. Estavam embriagados, falavam alto. Pelo que entendi, tinham acabado de voltar do Parque Antártica. O jogo terminara em briga de torcida. Os corintianos só reagiram, dizia um. O juiz prejudicou o Palmeiras, dizia o outro. Pelo relato, teria havido a anulação injusta de um gol do Fedato. O empate em um a um não agradara a nenhum dos dois.

A exaltação aumentou quando, aparentemente, passaram a falar do trabalho. O que estava no banco adjacente ao meu demonstrava contrariedade sobre aquele episódio do "menino da USP". Estava de costas para mim, não era possível entender tudo o que dizia. Mas entendi pelas palavras soltas que o homem reclamava com o amigo por ele ter cortado, ou permitido que cortassem (fiquei na dúvida), o pescoço do moleque.

Congelei.

Afetando naturalidade, devolvi o sanduíche ao prato e puxei um guardanapo de papel. Fixei o olhar na Coca em frente, como se usasse uma viseira de cavalo. Voltei a morder o sanduíche para dar credibilidade ao meu personagem de garoto esfomeado. Se agisse conforme o script, minha irrelevância me manteria invisível.

— O.k., foi amador. Mas o que você queria que a gente fizesse?

Embora o outro estivesse um metro mais distante, suas palavras me chegavam com mais clareza. Com os braços cruzados sobre as costas do banco giratório, ele projetava a voz na minha direção ao se dirigir ao interlocutor.

No fim deu tudo certo, não deu? Claro, claro, ele disse, atropelamento é sempre melhor, mais garantido, não é? Mas você tem que entender que os caras entraram em pânico. Quando a gente viu, o menino estava lá deitado na cela, morto. Aí a primeira ideia que ocorreu foi armar um suicídio.

O homem disfarçou o aborrecimento com a crítica do colega com uma gargalhada. É o único caso da história que alguém se suicida, foge e é atropelado. Hahahaha. Quando a risada morreu, ele completou, sério:

— Pelo menos ninguém viu o corpo.

Eu não tinha mais dúvida de que eles estavam falando do Minhoca. O Agnaldo tinha me contado da versão do atropelamento.

— Na próxima não vai sair nada errado, pode deixar.

Próxima?! Próxima o quê?! Que conversa era aquela?!

Os dois olharam para os lados para ver se não havia ninguém por perto. Não pareciam temer nada nem ninguém. Estavam em casa. Os olhares desconfiados deviam ser apenas vício de linguagem corporal. O homem ao meu lado fez um giro rápido de trezentos e sessenta graus. Senti o radar passar por mim sem nada detectar. Um fedelho cabeludinho de nariz vermelho com um x-egg pingando nas mãos não devia representar nenhuma ameaça.

Ainda assim, por hábito profissional, imagino, eles se inclinaram um em direção ao outro e passaram a falar mais baixo.

O cozinheiro se postou na minha frente.

— Ketchup? Mostarda?

Com as orelhas esticadas para o lado, não registrei a pergunta.

Ele insistiu, mais alto.

— E aí, garoto? Ketchup? Mostarda? Você não está comendo nada.

Agradeci os molhos e, mentalmente, a lembrança. Não podia esquecer de continuar mordendo o sanduíche.

Na mesa de fórmica atrás de mim, três homens resolveram brindar com Brahma a lavada do Santos contra o Juventus. Um deles tinha acabado de chegar ao bar direto da Vila Belmiro.

— Seis a zero não é todo dia. Viva!

— Ao Pelé!

— O negão ainda tá em forma. À saúde do Pelé!

— "Agora quem dá bola é o Santos/ O Santos é o novo campeão/ Glorioso alvinegro praiano..."

O hino gritado, a batucada atravessada na mesa vermelha, os brindes, o choque festivo de garrafas no ar, tudo isso me impedia de ouvir direito a conversa. Com muito esforço, consegui anotar mentalmente uma data, uma hora, um lugar e dois nomes.

Depois de pagar a conta, soltei um arroto — não queria destoar da freguesia. Saí do bar tranquilamente e virei à esquerda para subir a Tomás Carvalhal. Quando achei que estava longe o suficiente apertei o passo. No trajeto até em casa fui repetindo, com medo de esquecer: Angélica, Buenos Aires,

sexta, sete e meia, Papa e Paulo; Angélica, Buenos Aires, sexta, sete e meia, Papa e Paulo; Angélica...
Cheguei esbaforido. Peguei o elevador, vi meu comunicado. Aquilo agora não interessava mais. Entrei em casa, corri para o quarto e anotei as palavras. Passava das três. Cogitei acordar alguém. O Agnaldo? A Leila? Resolvi domar a ansiedade. Naquela hora, não havia nada que eu pudesse fazer. Sentei, levantei, andei pela casa. Às seis toquei a campainha na casa do Agnaldo. Ele estudava na Fefeleche, conhecia muita gente, talvez pudesse ajudar. Sabia que acordava cedo. Torci para não dar de cara com sua mãe ou seu pai. Agnaldo abriu a porta. Mais surpreso do que sonolento, ouviu minha história. Contei ter ouvido que um Paulo e esse que chamavam de Papa seriam mortos na sexta — amanhã de manhã!

Agnaldo conhecia o Papa, de nome. Largara a faculdade e militava numa organização da esquerda armada. Mas nunca tinha ouvido falar de Paulo nenhum, e achou que eu estava fantasiando. A minha cara torta devia tornar a história mais inverossímil ainda.

Ele me repreendeu com uma contundência revolucionária. Eu não tinha, disse ele, a menor ideia de onde estava me metendo, era um alienado, não sabia que tinha muita gente morrendo, sendo torturada, que havia uma guerra suja no Brasil, que estudantes como eu estavam presos, sumidos ou exilados. Ia acabar com um tiro na cabeça, sem saber de onde partira a bala. Porque se mata dos dois lados, Giges. Que eu, então, ficasse fora disso.

Voltei para casa. Me atirei no sofá.

Agnaldo tinha razão, em parte. Eu não sabia nada de política, era verdade. Mas tinha ouvido aquela história. Não tinha sonhado, não estava inventando!

Tocou o telefone.

Ainda não eram sete horas. Nunca ninguém liga nesse horário. Talvez fosse a Leila. Talvez ela tenha acabado de ler meu comunicado.

Atendi.

Era minha mãe.

Meu pai tinha morrido. Quinze minutos antes. Desde que eu estivera com ele, no sábado, não acordou mais. Não sofreu, disse minha mãe. Aparentemente não. Apenas parou de respirar. Ela estava ao lado e não percebeu.

Cheguei ao hospital às oito. Já tinham levado o corpo. Encontrei minha mãe no corredor. Choramos abraçados entre eventuais palavras de consolo de enfermeiras. Depois fomos tomar um café. Não havia mais nada a fazer, a não ser a burocracia, que podia esperar. Tentamos falar sobre outras coisas. Minha mãe quis saber do meu nariz. Tinha até esquecido dele. Respondi qualquer coisa vaga, ela fingiu acreditar. Não importava.

Meu pai deixara duas coisas para mim, ela disse. Queria que eu só soubesse depois da sua morte. Ela mencionou uma pequena quantia de dinheiro, não sabia quanto. Estava numa conta conjunta, dele e minha, na agência do Noroeste. Era para os meus estudos ou o que eu achasse melhor. Podia usar a qualquer hora. Como estava também em meu nome, não faria parte do inventário.

A segunda coisa era um fichário de couro que ele guardava no armário. Frases que reunira ao longo da vida. Não era para concordar, ele mandou dizer. Era para refletir.

Voltamos para casa no início da tarde. Minha mãe precisava tentar descansar para a noite.

Meus comunicados tinham sido retirados durante a manhã. Ordem do síndico. Eu não seguira os trâmites formais. Melhor assim. Minha mãe não precisava saber disso nesse momento. No lugar dos comunicados foram colocados avisos fúnebres: o velório começaria às seis da tarde nas dependências do cemitério do Araçá, na avenida Dr. Arnaldo.

Entrei no quarto deles... no quarto *dela*, eu precisava me acostumar desde já. Entrei no quarto dela e peguei a caixa.

Reparei que sob o fichário havia um envelope com o talão de cheque. Nunca tinha sido usado, eu nem lembrava que existia.

Fui até a agência, na esquina, e verifiquei o saldo.

Depois passei na casa da d. Teresinha. Na porta, Kely e Karen agarravam as pernas da mãe. Perguntei pelo Kennedy. Estava em casa, bem, mas ainda não podia receber visitas. Pedi desculpas, cabisbaixo. Ela tomara conhecimento do meu comunicado. Não fez comentários, mas vi em sua boca um travo de amargura, a expressão vincada pela perplexidade que procurava disfarçar. No silêncio que se seguiu, ela lembrou de me dar os pêsames. Perguntei abruptamente, sem jeito, quanto o Amaral lhe daria para pagar o hospital. Ela não quis dizer, aquilo não era hora. Insisti. Ela acabou cedendo. Escrevi o cheque apoiado na parede. Ela não precisava mais dever nenhum favor a ele.

★

O velório já tinha começado havia cinco horas quando o Agnaldo apareceu. Me abraçou, se desculpou pelo que falara de manhã e foi logo se juntar ao grupo em que estavam seu irmão, o China e a Leila.

Fui atrás dele e o puxei para um canto. Contei de novo a história da noite anterior. Com mais detalhes. Descrevi o bar, a maneira dos homens, as armas à vista, as Veraneios, as mensagens pelo rádio. Embora me ouvisse, fiquei com a impressão de que o fazia por obrigação social, porque não seria correto se livrar de mim no velório do meu pai. Mesmo assim, continuei contando a conversa entreouvida, as circunstâncias, a comemoração, a cantoria, as referência ao Papa e ao...

Espera aí!!

De repente, ao reconstituir a cena, me ocorreu que o homem não falara *Paulo*. Era *Saulo*! Era como se ouvisse o homem falando de novo: Saulo. Não tinha dúvida. Saulo!

Pela primeira vez no dia, o Agnaldo pareceu prestar atenção no que eu dizia.

Sim, sim, Saulo ele conhecia! Eram colegas de curso, embora não da mesma classe. Agnaldo me explicou as ligações. Saulo e Papa militavam na mesma organização clandestina a que pertencera o Minhoca, a Ação Libertadora Nacional, da qual Agnaldo era apenas simpatizante, sem envolvimento direto.

Enquanto falava, Agnaldo me puxou para a área externa do velório. Estava agitado tentando viabilizar uma maneira de avisá-los. Não via saída. Papa caíra na clandestinidade, impossível qualquer contato com ele. Saulo vivia mudando de república, praticamente não tinha endereço fixo. Nenhum dos dois tinha telefone conhecido.

Havia ainda outro aspecto a considerar. A minha informação podia estar errada, ele disse. Eu podia ter entendido mal ou os agentes podiam ter abortado o plano. Se passasse a informação adiante e a ação policial não se concretizasse, ele seria visto com suspeita por uma organização que já executara suspeitos de traição. Ou seja, no limite, estaria colocando em risco a sua vida, e a minha.

Diante do impasse, sugeri que fôssemos lá de manhã, antes do horário marcado. Eu não sabia exatamente onde seria a ação. Tinha ouvido apenas este rabo de frase: "Um ponto acima da Buenos Aires". Parecia óbvio que estavam se referindo a um ponto de ônibus acima da praça Buenos Aires. Só não sabia se era no sentido de quem sobe ou desce a Angélica. De qualquer maneira, se ficássemos nas imediações, teríamos a chance de avisá-los a tempo.

Agnaldo olhou o relógio. Passava das duas. Se eu estivesse certo, a emboscada aconteceria em cinco horas. Andando em círculos, Agnaldo postergava a resposta. Por fim, disse que não iria. Embora não fosse militante, sabia que era visado. Fora fotografado por policiais militares na missa em homenagem ao Minhoca e poderia facilmente ser reconhecido.

— Então eu vou sozinho.

Agnaldo reagiu com cautela. Me advertiu que seria muito arriscado.

Eu insisti:

— Ninguém me conhece. Não tenho cara de estudante politizado. Ninguém vai me notar.

Precisava de uma descrição física dos dois. O Agnaldo foi sucinto, mas preciso. Papa é moreno, forte, barba raspada, cabelo escuro repartido do lado, usa roupas sóbrias, vinte e poucos anos. O olho esquerdo é meio caído, de peixe morto. Papa é nome de guerra. O nome dele é Queiroz, Ronaldo Queiroz.

— O Saulo acho que é mais fácil reconhecer. Você já viu *O bem-amado*?

— Já. Por quê?

— Ele é a cara do Dirceu Borboleta. Sabe qual? Aquele secretário gaguinho do prefeito, o Odorico Paraguaçu. Franzino como ele, igualzinho, até os óculos retangulares de armação grossa são iguais. A única diferença é que não é gago.

A menção à novela me fez lembrar do meu pai. Acho que a última vez que o vi rindo foi com um capítulo a que ele assistiu já no hospital. Divertia-se com as cenas do prefeito tomando licor de jenipapo e flertando com as três irmãs Cajazeiras. Nunca tinha sido noveleiro, mas essa ele adorava. Logo que a novela começou, no início do ano, eu ainda estava de férias, ele me chamava para assistir e comentava as críticas dissimuladas ao governo: o político autoritário, a corrupção, a sátira ao coronelismo. Desconfiava que muita coisa devia ter sido cortada, mas mesmo assim estranhava que a censura tivesse deixado passar o que ia ao ar.

— O.k. Dirceu Borboleta. Não vou esquecer.

Leila se aproximou e se despediu de mim com uma formalidade fria, quase impessoal. Passou o braço na cintura do Agnaldo como se quisesse tirá-lo de lá. Estava tarde, ele lhe prometera carona.

Antes de sair, Agnaldo fez uma última advertência: o Papa e o Saulo não me conheciam e, por uma questão de sobrevivência, tinham se tornado ariscos. Para não ser ignorado, eu precisava lhes dizer logo que era amigo dele.

— Toma cuidado, Giges. E se você desistir na última hora não se preocupe, está tudo bem.

Deve ter achado o tom grave demais e, para contrabalançar, completou com um sorriso forçado.

— Você não ficaria nada bem no papel de herói morto. De qualquer maneira, é bem possível que não vá acontecer nada.

Voltei à sala em que meu pai era velado. Tias e primas rodeavam minha mãe, ela não ficaria sozinha. Disse a ela que voltaria de manhã, para o enterro. Ela deve ter entendido que eu iria para casa descansar um pouco. Não precisei mentir.

Coloquei a mão sobre as do meu pai e o contemplei pela última vez. Não foi bem uma despedida. Eu já me despedira antes, a sós.

Saí do Araçá, virei à esquerda na primeira esquina. Quando comecei a descer a avenida que leva ao estádio, o frio da madrugada me fez perceber que lágrimas rolavam pelo meu rosto. Cortei o caminho pelas ruas sinuosas do Pacaembu até chegar à Angélica. A caminhada me fazia bem.

Desci a avenida, seis ou sete longos quarteirões. Logo depois de passar por um adormecido posto da polícia militar, parei em frente à praça Buenos Aires. Enquanto procurava fixar as imagens que o Agnaldo esboçara, aproveitei o deserto das ruas para mapear a região sem o risco de ser abordado por algum cidadão solícito que me julgasse perdido.

A primeira coisa a fazer era localizar os pontos de ônibus acima da praça. Havia um logo acima da Alagoas, descendo sentido centro. O que subia no sentido Cidade Universitária ficava no quarteirão seguinte, antes da Pará. Ambos estavam vazios. Apostava que Papa e Saulo se encontrariam no ponto onde passavam os ônibus que iam em direção ao campus da USP. Mas não tinha palpite sobre de onde viriam. O bairro não parecia ter residências típicas de repúblicas estudantis.

Me mantive estranhamente calmo enquanto a escuridão emprestava uma atmosfera onírica à Angélica. As primeiras luzes do dia, porém, provocaram uma descarga de adrenalina. Aos poucos, a avenida ganhou vida, com mais carros, ônibus, pedestres. Identificaria o Dirceu Borboleta entre eles? E o Papa? Prestei atenção no entra e sai da padaria próxima ao ponto. Talvez passassem antes por lá para uma média.

Quando o relógio pendurado nos azulejos em cima da prateleira de pães marcou sete e quinze, eu abandonei todos os cuidados. Fui seguidamente ao ponto, passando em revista expressões sonolentas. Encarei transeuntes. Nada.

De repente, avistei o Papa subindo a Angélica pelo lado oposto. Atravessei a rua e o segui por alguns segundos. Moreno, calça cinza, uma pastinha de papelaria embaixo do braço.

Emparelhei o passo. Ele me olhou. Usava óculos. Teria olho de peixe morto?

— Desculpe, Queiroz, eu sou amigo do Agnaldo, seu colega...

— Ahn... Desculpe, você está enganado.

— Eu sei que você é o Papa...

— Papa? Que papa? Não sou nem bispo. Bom dia.

Ele apertou o passo, me deixando para trás. Teria me despistado? Pela reação, mais provável que não fosse mesmo ele. Faltavam cinco minutos. Olhei novamente para o ponto. Ninguém, a não ser um senhor, uma grávida, um barbudo.

Meu telescópio virou para a esquerda e capturou a imagem nítida do Dirceu Borboleta descendo a rua. Corri até ele.

— Saulo?

Ele assustou, deu um pulo para o lado.

— Sou amigo do Agnaldo, da faculdade. Você tem que sair daqui. Agora!

Ironicamente, ele gaguejou alguma coisa.

Eu não tinha tempo para explicações.

— Eles vão matar você e o Papa!

Saulo ficou paralisado, me olhando incrédulo.

Quebrei-lhe a inércia com um grito.

—Vai embora! Agora!

Não sei se acreditou em mim, mas deve ter achado que havia algo muito errado naquilo tudo, porque deu meia-volta e se afastou depressa olhando para trás, até virar à direita na Pará.

Minhas pernas tremiam, achei que não fosse conseguir continuar em pé por muito mais tempo.

Nenhum sinal do Papa.

Então reparei uma C-14 descendo devagar a avenida. Muito devagar. Como se seus quatro ocupantes procurassem ostensivamente alguém. Vidros abertos, sirene desligada. Um dos homens sentados atrás tinha os braços para fora da janela, batia impaciente na lataria. Não vi os rostos, mas dois deles só podiam ser aqueles do bar.

O carro passou por mim, continuou descendo a avenida. Imaginei que se dirigia ao ponto de que eu descuidara. O Papa estava lá! Corri pela calçada oposta um pouco atrás da Veraneio. Antes da Alagoas, o ocupante atrás do motorista esticou o braço, balançando-o como quem manda parar o trânsito. A perua fez um contorno súbito em *U* e, por um instante, ficou de frente para mim. Vi que o carona estava armado.

Vai atirar em mim, pensei. Devo ter fechado os olhos.

A C-14 concluiu a manobra e subiu a Angélica. Quando parou, em frente ao ponto, eu ainda estava no quarteirão de baixo. Vi de longe as portas abertas e três homens do lado de fora.

Ouvi dois estalos secos. Pareceram de espoleta, irreais aos meus ouvidos viciados nos faroestes de Clint Eastwood.

Me aproximei. Aquele barbudo que eu vira minutos antes sangrava pelo pescoço inerte no chão. Tinha um revólver na mão e outro na cintura. Ouvi um senhor comentar, ao se afastar da cena, que as armas tinham sido colocadas nele pelo atirador.

A Veraneio partiu em disparada.

Subi a Angélica parando de vez em quando para me apoiar nos muros.

Quis me perder pelas ruas do Pacaembu. As alamedas arborizadas compunham uma paisagem de serena harmonia, indiferente ao meu tormento.

Me demorei entre elas. Não havia pressa. O enterro do meu pai estava marcado para as dez.

Acordei no sábado à tarde com um telefonema do Agnaldo. Eu estava sozinho. Minha mãe cedera à insistência das primas e fora para a casa de uma delas.

Ele não queria falar por telefone. Não seria prudente, disse. Preferiu subir. Me falou que o Saulo entrara em contato, lhe contara tudo.

— O Papa... o Papa...

Agnaldo não concluiu a frase, chacoalhando a cabeça, como se quisesse afastar um pensamento. Me abraçou e, sem me largar, disse para não comentar com ninguém o que acontecera.

Estávamos sozinhos no andar e achei o cochicho paranoico.

— Aqui no prédio só nós dois sabemos. Nós e a Leila.

— A Leila?

— Tive que contar. Ela ouviu um pouco da nossa conversa ontem e ficou preocupada com você. Insistiu tanto que eu achei melhor falar a verdade, já que vocês estão namorando.

— Nós não estamos namorando.

— Ah, não? Bom, tanto faz. Pela reação dela eu... deixa pra lá.

Agnaldo pegou o elevador antes que eu reunisse coragem para perguntar qual tinha sido a reação dela.

Fechei a porta.

A garrafa térmica prateada e o pão francês sem miolo sobre a mesa me transportaram para o início desta história. O menino que jogava botão e fazia apostas bestas se apagara aos poucos, sua imagem eclipsada pelo delírio irresponsável, a invisibilidade frouxa, a traição ao amigo, o nariz estropiado, a morte do pai, a redenção possível, o beijo da Leila.

Já era um homem? Não sabia.

Talvez um dia eu escrevesse sobre tudo isso para tentar responder, pensei.

Abri o jornal dobrado sobre a mesa e folheei até a página quatro, onde li o que procurava. "Morre em São Paulo terrorista do Grupo Armado", dizia o título. Segundo a notícia, Ronaldo Mouth Queiroz, vulgo Papa, reagira à voz de prisão e trocara tiros com agentes de órgãos de segurança. "Depois do tiroteio, Ronaldo caiu morto portando duas armas de calibre 38."

Uma completa mentira, disse a mim mesmo.

Avancei mais algumas páginas, até a seção necrologia, dividida nas colunas "ontem" e "anteontem". Meu pai mereceu um tijolinho de quatro linhas na segunda coluna. "Dr. Sílvio Polatti. Aos 75 anos, casado com a sra. Yolanda Pollati. Deixa filho. O enterro foi realizado ontem no cemitério do Araçá."

Uma verdade incompleta, pensei.

Faltou dizer que meu velho me ensinara a não ter medo de saltar de faróis.

★

Às cinco da tarde, um tímido sol de inverno entrava oblíquo no meu quarto pelos furos da persiana projetada para a frente, compondo tênues feixes de luz que polvilhavam a estante na parede oposta — uma singela saudação da natureza à civilização.

O vidro da janela refletia um quadro impressionista do meu rosto. Mais de três meses depois, a cenoura do nariz encolhera para a batata alongada de sempre, mas agora eu compensava a genética com uma armação do John Lennon. Dei mais uma checada no visual: se o Paul e a Yoko não tivessem se estranhado, eu bem que poderia me candidatar a ser o quinto Beatle!

Leila abriu a porta e, por um instante, uma bailarina de Degas como a que visitamos no Masp permaneceu emoldurada pelos batentes. Suspendeu graciosamente as pontas da saia curta e rodeada que trouxera da Argentina e levantou os olhos para mim, buscando aprovação. Meus olhos lacrimejariam de emoção estética mesmo se ela estivesse com uma fantasia do Capitão Gancho.

Procurei ser menos enfático.

— Legal.

Eu estava na escrivaninha com um cotovelo apoiado sobre uma pilha de duzentas folhas datilografadas. Ela sentou na cama, encostou na parede e abraçou os joelhos, enrolando as pernas nuas na ponta do cobertor.

Era nosso último dia das férias de julho. Eu tinha ficado

em São Paulo, escrevendo. Ela passara uns dias em Buenos Aires com os pais. Trouxe um alfajor, que dividimos entre risadas, lambendo as migalhas de chocolate da embalagem.

Leila levantou, foi até a janela. Admirei-a à contraluz.

— Você viu que vão tirar os ônibus da Paulista?

— Eu soube.

— Podemos voltar a pé. Eu gosto de caminhar no frio.

— Eu também gosto de caminhar no frio... Com você.

Ela sorriu.

Deu a volta por trás da cadeira onde eu estava sentado e apoiou o queixo na minha cabeça, de frente para a escrivaninha. Apontou um cartão-postal sobre o disco desencapado do Pink Floyd.

— De quem é?

— Do Figura. De Londres.

Tinha trocado algumas cartas com ele nos últimos meses. Na primeira, longuíssima, contei tudo o que acontecera e disse que entenderia se nunca mais quisesse falar comigo. Ele me respondeu falando da Zoe, com um P.S.: "Não esquenta a cuca, panaca!".

O postal, apenas com a imagem de uma lua cheia que quase não cabia no retângulo, chegara naquela sexta.

— Posso ler?

Ela leu:

Que tal essa lua aí atrás? Só digo que ela foi testemunha de que a libélula não é um sonho de uma noite de verão. Ela existe — e tem as asas da felicidade!

— Que história é essa de libélula, Giba?

Cantarolei as primeiras notas de "Wave", brincando de fazer suspense.

— "Vou te contar..."

— Conta.

— Está aqui — eu disse, apontando a pilha. — Contei pra você. Essa e outras histórias.

— Pra mim?

— É.

—Você escreveu pra mim?

— O livro é pra você.

Ela inclinou a cabeça, descendo sobre meu rosto uma cortina suave e despenteada.

—Tem poesia?

—Tem uma. Talvez. Se eu não tirar.

—Terminou?

— Falta o título.

Leila recostou na janela, mordiscando pensativa uma ponta do postal, enquanto a lua em suas mãos me mostrava a cara. Por trás do cartão — por trás da lua escandalosa — eu via seus cabelos refletirem os últimos raios de sol, como se, numa hipótese absurda e magnífica, a lua do postal estivesse iluminada dos dois lados. Lembrei do que o Figura havia comentado naquele bilhete. A lua podia ser toda escura ou toda luz, dependendo do estado de alma de quem a contemplasse.

Meio displicente, Leila jogou o cartão de volta sobre o círculo de vinil, cujo negrume, pelo contraste, fez a lua parecer mais clara na fotografia. Deslizou um dedo sobre meus ombros ao passar atrás de mim e sentou no chão. Acompanhei seus movimentos com os olhos antes de me fixar de novo na desordem da escrivaninha. Não tinha reparado, mas era como se nela houvesse duas luas sobrepostas: uma branca, de papel, outra escura...

E de repente, naquela inesperada fusão de imagens, percebi que Leila acabara de me dar o que faltava.

Coloquei papel na Olivetti e bati o título.